オリンポスの陰翳

―江ノ島東浦物語―

一

海面にたちこめていた霧が、吹きはじめた風に掃われると、ぼんやり霞んでいた島影がくっきりと浮かび上がった。その亀の甲羅のような島山は緑の木々に覆われ、じっとうずくまっている。

小動（こゆるぎ）岬の沖に浮かぶ江ノ島。朝焼けが島山の頂を照らしはじめると、展望塔が朱鷺色に染まる。やがて岬の影になっていた対岸の漁港も朝焼けに染まり、風の中に乾いたシラスの匂いが漂う。

湘南の片隅に取り残されたような漁師町に、その島を眺めて暮らす家族がいた。

「東京、決まったんだ」

息子の大輔が見つめるテレビの画面には銀髪の老紳士が〈TOKYO　2020〉というカードをカメラに向けて示していた。すでに深夜から早朝にかけて地球の裏側にあるブエノスアイレスでプレゼンテーションと決選投票が行われていたらしい。ひさしぶりに家族三人そろって朝食をとったあと、テレビのニュースがトップでそのようすを伝えてきた。

――決まってしまった……。

目の前が暗くなる。恵子にとっては、陽がすっと翳ったかのような気持だ。

目に浮かぶのは、赤いブレザーに白のスラックスやスカートという姿の日本選手団。陸上短距離スタートの瞬間を写したポスターだ。あの一九六四年の東京大会のとき、恵子は小学校の四年生だった。国立競技場に鳴り響くマーチとともに日本選手団が入場してくる映像がよみがえる。そこには誇りと希望に満ちながら、どこか悲しみのようなものが漂っていた。

「いいなあオリンピック。俺ももうちょっと本気（マジ）でウインドやってたらな」

そう言って笑った大輔は今年で三十歳になる。父親と違って性格は明るいが、何かをじっと見つめたときの目に翳りを漂わせることがあって、ふと父親の血を感じることもある。家の目の前が海ということもあって高校生のころからウインドサーフィンをしていた。大学時代はボードセーリング部に所属し、学生の大会で入賞したこともあったようで、じつに楽しそうにやっていた。だがオリンピックを目指すほどの情熱があったとは思えない。それでも母親の恵子の目には翳りのない健やかな青春を過ごしたかに映る。自身の暗いそれとくらべたとき、ふと心安らぐ思いがあった。

「また喧しくなる」

源蔵は朝刊に目を落としながらため息をついてつぶやいた。もともと鷹のような険しい目で視力も良かったらしい。だが最近では新聞を読むときだけ老眼鏡をかけるようになった。笑みのかけらも浮かべることなく苦いものを噛んだような表情はいつものことだが、たった今伝えられたニュースを面白く思っていないようだ。

夫の源蔵がなぜそうなのか、恵子には痛いほどわかる。二人にとってはひとたび癒えた傷を再び抉られたかのようなものなのだから……。だが大輔は、「いいじゃない。しょぼくれた世の中なんだからさ。日本も少しは元気になるんじゃない」と言ったあと小さく舌打ちし、なんであんな捻くれてるのかなあ、とつぶやきながら父親から顔をそむけた。

大輔から見れば父、源蔵は無口で、いつも表情は暗く、たまに口をひらいたかと思えば臍の曲がった言いようが鼻につくのだろう。恵子が歳より若く見られるので、源蔵とは実際よりも歳の開いた夫婦に見られる。

「昔、日本でやったとき、ヨット競技はこの江ノ島だったんでしょ？」

くったくのない問いかけだった。だが恵子の胸はふと暗くなる。

そうね、という言葉も力がなく失速してゆく。

「ちくしょう、見たかったなあ。まあ、そのころボードセーリングはまだ種目に入ってなかったんだろうけど」

今はヨット競技の一種目になっているという。江ノ島をすぐ横に見ながらそれに興じていた大輔にとっては何かしら因縁を感じるのかもしれない。

恵子にとってもオリンピックのヨット競技には思い出がある。ただ、そこにはいつも古傷の疼くような感傷がつきまとう。

かつては江ノ島に住んでいたが、一家は島を出て藤沢の市内に移り住んだ。だが、オリンピックが始まり、ヨット競技が行われたときにはわざわざ観戦に行ったものだ。母親に連れられて行った競技会場に以前住んでいたころの面影はなかった。あの磯臭い東浦は角ばった白いコンクリートで固められ、見物人の大群衆がつめかけていた。日本チームを応援するために来ていた人も大勢いただろうが、その日の観客にはもうひとつの目的があった。ノルウェーの皇太子が選手として出場するというニュースが広まり、若い女性が多く集まっていた。突如、黄色い歓声や拍手があがったりもしたが、まだ小学生だった恵子は大人たちに囲まれて皇太子どころかヨットの姿すら見えなかった。そんな情景が陽炎の向こうで揺れるように目に浮かぶ。

「じゃあ行ってくる」

源蔵はいつものように口の奥で言うと玄関を出ていった。

そのうしろ姿を恵子は大輔と見送る。数日前までの狂ったような暑さは少しおさまったものの、今日も午後からまた気温が上がるらしい。日曜日だったが、この小動（こゆるぎ）漁港では平日よりも土日のほうが忙しい。というのも近ごろは小動のシラスが有名になり、この近所でもシラス料理を出す飲食店が増えているためだ。とりわけ生シラスは当日獲れた鮮度の高いものでなければならない。そのため休日は午前だけで二度漁に出る船が多い。

源蔵は船を持たない雇われ漁師だがエンジンなどの機械に強く、いわば機関士のような役割も担っていた。けっして裕福な漁師ではない。恵子との共働きで親子三人がようやく食べていけるていどだった。

「母さんももうすぐ出るんだろ？」

日曜に休めるのはサラリーマンの大輔だけだ。

「洗濯物干したら出かけるわ」

「いいよ、俺やっとくよ」

自動車販売会社に勤めている大輔は展示会などのイベントや商談の約束でもないかぎり日曜は休みとなる。

「じゃあ、頼むわ」

言いながら恵子は割烹着を脱ぎ、ゆるくまとめていた肩までの髪をきつくまとめ直す。揚がったシラスを釜茹でしたり、天日干しでタタミイワシにしたり、直売もする漁師小屋で恵子は働いている。大学を出、東京からもどってきてから三十年と少し、ずっと同じ小屋だ。源蔵と出会った、いや再会したのもその小屋でだった。大学を出ていながらそんなところで働きだした当時は周囲からいろいろ言われたものだ。うしろ指もさされた。だが三十年も続けていればいつの間にか過去は忘れられ、今では古株となって若い娘(こ)を使う立場になっていた。

玄関を出て狭い路地を抜けると潮の匂いがきつくなり、部屋の窓を開け放ったときのように視界がひらける。海岸道路の向こうに漁船のマストが林立し、陸揚げされた小型船の艫(とも)が並ぶ。左手は小動岬の崖に遮られるが漁港の向かい側には、緑の木々に覆われた江ノ島が浮かんでいる。かつてはゾウガメの甲羅のようなもっこりした島だったが、今はヨットハーバーのコンクリート護岸が沖まで広くせり出している。その辺りはかつて東浦という磯が広がっていて、サザエ、アワビ、ワカメなどの豊かな漁場(りょうば)だった。恵子や源蔵の親たちはその東浦で漁師として生計を立てていた。それがあのオリンピックで島民の生活は一変し、恵子も波乱の運命に翻弄されることになったのだった。

*

恵子はいつも昼にはいったん家へ帰って昼食をとり、それからまた小屋へもどることにしている。だが、その日の午後は休みにして大輔と江ノ島へ出かけることにした。特別な用事があったわけではない。ただ息子に見せておきたいものがあった。それは、二〇二〇年のオリンピックが東京に決まったというニュースと無関係ではないだろう。

海水浴の季節は終わっても日曜日ともなれば海岸道路は渋滞しているので歩いて行くことにした。海岸沿いも小動岬と漁港のわずかな間だけ漁師町のたたずまいが色濃く残っているが、漁港の脇から海に流れ出る小さな川を渡れば雰囲気はがらりと変わる。道路を挟んで陸側はサーフショップやファストフード店が立ち並び、浜側は海の家をたたんだばかりの海水浴場だ。夏の間、そこから出艇するのを禁じられていたウインドサーフィンが、この季節を待ち構えていたかのように出てゆく。蝶のように海面を舞うセールの数もずいぶん増えていた。

島へ渡る弁天橋まで来ると、辺りは人で溢れている。

「へえ、江ノ島に分校があったんだ」

橋を歩きながら大輔は正面のこんもりした島を見る。

「母さんが小学校にあがる年には分校も閉鎖になってね。だから毎日この橋を渡って片瀬小学校へ通ったものよ。でもお父さんは三年生になるまで分校だったのよ」

「へえ、親父って分校の子だったんだ。なんかとんでもなく田舎の話みたいだね」と笑う。

「田舎だったのよ、ここは。オリンピックが来るまではね」

恵子は橋の欄干に肘をついて遠方を眺めた。太陽がほぼ真上から照りつけている。西の茅ヶ崎のほうに烏帽子岩が小さく見え、その背後に霞のかかった富士の山がそびえる。それはまるで銭湯の壁絵そのままだ。

「でも小学校の一年生でこの橋渡って片瀬小まで行くのって、けっこう大変だったでしょう」

大輔も欄干によりかかって遠くを見る。

「そりゃあ大変だったわよ」

遠い烏帽子岩を眺めながらあの日に想いを馳せる。


台風が近づいていた日のことだった。朝はまだ雨も降っていなかったのでいつもどおり学校へ行った。ところが台風の接近が急に早まり、昼近くになって緊急の帰宅指示が出た。片瀬の街中はまだそれほどでもなかったが弁天橋にさしかかると雨は横殴りになっていた。遮るものの何もない海原を台風の風が吹きつけてくる。橋の中ほどまで来ると、雨と潮のしぶきがいっしょになって襲いかかってくる。さしていた笠がお猪口になる。必死に柄を握っていたがついに吹き飛ばされ、骨の折れ曲がったそれはただのボロ雑巾のようになって欄干にへばりついた。そのとき中学の制服を来た少年がうしろから走ってきてお猪口になった笠を拾い上げて何か言った。だが狂ったように唸る風のせいで聞こえない。そのまま少年は恵子の手を握って歩きだした。

「こんな風で傘さしたら危ねえべよ」

ようやく少年の声が聞き取れたが、それっきりあとは何も言わず、ただ手だけはしっかりと握ったまま、風としぶきから恵子を庇うようにして自宅のある東浦まで連れてきてくれたのだった。近所に住む少年だったので顔はよく知っている。ただ歳が離れていたうえ、島の外でよく喧嘩をしている暴れん坊という噂があったので怖いお兄ちゃんと思っていた。だからそれまで言葉を交わすことはほとんどなかった。だが、濡れた手から伝わってきた温もりは消えることなく、その日からずっと残ったままになった。

よりかかっていた欄干から体を離し、ふたたび島に向かって歩きだす。ほんのひととき雲に隠れていた太陽がふたたび顔を出し、かっと照りつける。汗が背中をつたって着ているブラウスに沁みてゆくのがわかる。大輔はTシャツにトランクスというそのまま海に入れるような軽装だ。こんなときは着るものを気にせずいられる男たちがうらやましい。

炎天下を観光客の列がまっすぐ島に向かっている。島は緑の木々に覆われ、そのまん中を江ノ島神社に向かう参道が登ってゆく。だが、その左手に目をやれば冬枯れした林のようにヨットのマストが立ち並んでいる。そこは恵子が幼かったころ浅い磯の海が広がっていた。

―また喧しくなる―

そう言って源蔵が苦々しい顔をした理由（わけ）をそろそろ話しておかねばならない。そう思って恵子は大輔を江ノ島に連れてきたのだった。

「でも、島といっても車でさっと行けちゃうんだから陸続きの岬みたいなもんだよね、江ノ島って」

「そうね」

つぶやくよう応えたものの、車が自由に入れるようになったのは弁天橋のすぐ隣に並行して江の島大橋がかかってからだ。それはオリンピックのヨット競技会場建設工事のためにトラックが出入りできるよう造られた。だからそれまでは、少なくとも恵子にとって江ノ島はまぎれもなく島だった。

青銅の一ノ鳥居が見える。ほとんどの観光客がそこをくぐってゆく。江ノ島神社を参拝してから展望灯台へ登るか、あるいは島の裏側にある稚児ヶ淵へでも行くのだろう。そこには、かつて少年たちにとって冒険の地であった大洞窟がある。だが今では入場料をとって見せる観光名所になってしまった。

恵子たちは人の流れから逸れるように左手のヨットハーバーへ向かった。

「ああ、ここへ来ると胃袋が刺激されるんだよな。さっき昼飯喰ったばっかりなのにね」

大輔が鼻をひくひくさせる。辺りにはサザエやイカを焼く店がならんでいた。貝殻の焼ける匂い、醤油の焦げる香りが混じりあって漂う。

「江ノ島といえばサザエということになってるけど、今はあのほとんどを島の外から仕入れてるのよ」

「そうらしいね」

サザエの壺焼きを店先で売り、食堂では江ノ島丼と称してサザエを玉子とじにした丼ぶりものを売りものにしている。かつてはこの江ノ島の東浦で豊富に獲れたからだ。

「小学生のころ、この辺り、よく遊びにきたな」

大輔はそう言って恵子を見、ぺろりと舌を出した。

源蔵が江ノ島に行くことを禁じていたからだ。それでも子供には子供同士のつきあいがある。江ノ島には洞窟もあり磯釣りやタコ獲りに良い場所もたくさんある。子供にとって魅力的な冒険の島が目の前にありながら行かないわけがない。一人だけ行かないと言えば仲間外れにされるだけだ。源蔵もそれがわからなかったわけではない。何がなんでも行くな、ということではなく、家庭内で島の話題が出ることを嫌っていただけだ。もちろん自分自身が島へ行くことも避けていた。

「父さんはなんであんなにこの島を嫌ってるのかな。自分の生まれ育ったところなのに」と言って恵子の顔をちらりと見る。そしてすぐに「まあ、わからないこともないけどね」と言ってヨットハーバーを眺めた。

江ノ島の東浦が東京オリンピックのヨット競技会場になることが決まり、磯が埋め立てられ、漁師たちの生計の源であった漁場は失われた。そのことが磯浦源蔵という男の心のしこりとなっている。そういった理屈は大輔にもわかっているのだろう。だが、「まあ、わからないこともないけどね」というていどにしかわかっていないこともまた事実である。だから今日、恵子は大輔をここに連れてきたのだった。

遠くから金属管を叩くような音が断続的に聞こえてくる。それはヨットのマストが風に揺れたロープに叩かれる音だ。数百本ものマストが一斉にロープで叩かれると無機質な生きものが歌っているかのように聞こえる。それは恵子がいつかどこかで見た記憶と重なってゆく。

競技場を囲む万国旗のポールが風に揺れたロープに叩かれている。まるで鉄琴が単調な音楽を奏でているかのようだ。

映画『東京オリンピック』の一シーン。あの大会後、市川崑監督によって編集された記録映画を小学校の授業の一環で見に行ったことがあった。

〈オリンピックは人類の持っている夢のあらわれである〉

冒頭にそんな字幕が現れる。

耳を劈く衝撃音とともに、コンクリートの建物を打ち壊すシーンがアップで映し出される。針金のように曲がった鉄筋がむき出しになる。それは古いものの破壊と新たなものの創造を象徴していた。そのシーンを見たとたん、オリンピックが日本でそんな役割を果たしたのだ、と誰もが暗示をかけられてしまう。

ギリシャ神話に出てきそうな衣装の女性が太陽の光を集めて松明に火を燈す。

――ああ、こうやって聖火は燃えだしたのだ。

見ていて、聖火というものがとてつもなく神秘的で、オリンピックが太古の時代から延々と続く歴史的大事業であることを印象付けられる。

そして万国旗のポールが風に揺れたロープに叩かれている音と映像。静かなざわめきの中に祭典の始まりを予感させながら次の瞬間、大音量の行進曲とともに開会式のシーンに切りかわる。静から動への大転換。赤いブレザーに男子は白のスラックス、女子は白のスカート。行進に揺れる白が眩しい。メーンスタンド前で一斉に帽子を取って掲げる、客席から大歓声がわき起こる。ブレザー姿の選手たちはまさに英雄だ。子供ながら胸がいっぱいになり、目が大画面にくぎ付けになった……。

学校ではオリンピックのポスターをプリントした下敷きが流行った。中でも人気があったのは陸上短距離スタートの瞬間を切り取ったポスターだ。スタートの瞬間、選手たちの筋肉が緊張して盛りあがり、肉体が爆発しようとしている。奥の選手が体ひとつ踏み出しているのはフライングではないかという子がいて論争になったりもした。

「あれって本当のオリンピック選手かと思っていたわ」

「えっ、違ったの?」

「オリンピックが始まるだいぶ前に撮った写真ですもの。まだ代表選手が決まる前でしょ」

「ああ、そうだよね」

だが、下側に赤く大きな日の丸と五輪マークをあしらったオリンピックのポスターは子供たちに大人気だった。

「女子バレーもあのころは強かったんだよね」

「そうよ金メダル獲ったんだもの」

あの夜のテレビ中継が彷彿とする。いつもならテレビを消されている時間だったが、あの日は特別だった。相手は強豪ソビエト。一歩リードしては追いつかれる。その繰り返し。最後はソビエトのタッチネットだったようだが小学校四年生だった恵子にはその瞬間何が起こったのかよくわからなかった。東洋の魔女と呼ばれていた日本の選手たちが抱き合い、泣いて喜ぶのを見て、ああ勝ったんだ、と思った。

「凄いね」

「そうよ、オリンピックって凄かったわ」

恵子は思わずつぶやいた。

「そうだろうな」

きっとそうだったと思う、と大輔もヨットハーバーをじっと見つめる。

映画『東京オリンピック』のラストシーンは地平線に太陽が沈み、聖火が消えてゆく。そして、〈聖火は太陽へ帰った。人類は4年ごとに夢を見る。この創られた平和を夢で終わらせていいのであろうか〉という字幕が流れて終わる。

恵子は映画のそのラストを想い浮かべた。

ヨットハーバーへ入るとクルーザーが係留された桟橋までプロムナードが続く。マストの間から海原が見え、その向こう岸は小動漁港だ。毎日見ている対岸のほうから毎日暮らす漁師町を見ていることになる。

プロムナードの傍らに東京オリンピックを記念するモニュメントが立っている。人の背丈より少し高いていどの小ぶりなものだ。五輪マークと〈１９６４〉の文字だけを描いた簡素な四角錐の上に扁平な杯のようなものが載っている。

「わあ、これ何？　オリンピックのマークがついてる」

若い男女がそれに見入っている。女の子のほうが、言いながら歯ブラシのようなつけまつ毛をパタパタさせる。

「１９６４って書いてあるね。ってことは昔のオリンピックの何かかな」

茶髪で日に焼けた肩を白いタンクトップから出している若者がつぶやく。

横で聞いていた大輔がにやにやしながら恵子を見た。教えてあげれば、と顔が言っている。

「そうよ。それ聖火台だったの、ここにあった」

恵子が声をかける。

「へえ、そうなんですかあ？　じゃ、なんでここにあるんですかあ？」

語尾上がりでつけまつ毛をパタパタ上下させる。

「ここがヨット競技の会場だったの」

「ええ？　ここでやってたんですかあ？　すごーい」

まつ毛が大きく上下する。

「へえ、東京オリンピックっていっても江ノ島でやってたんだ。東京じゃなくて」

茶髪の若者がさも感心したようすであごに手をやる。

二〇二〇年東京オリンピックのヨット競技会場は東京湾の若洲海浜公園に決まっているらしい。東京オリンピックと銘打ったからには誰しもが東京で行われるのを当然と思うだろう。

「やっぱり若い連中は知らないんだね、そのころのこと」

大輔が若い二人には聞こえないような小声でつぶやく。

そう、何も知らないのだ、と恵子は思う。今立っているここが海の上だったことも、サザエやアワビの獲れる豊かな磯だったこと、それなのに今、店先で売られているサザエは島の外から仕入れていること、そしてここで暮らしていた漁師たちが散り散りになって去っていったことも。

「やっぱりヨットもやってみたかったな、俺」

大輔がバースに浮かぶ大型のクルーザー群を眺めながらつぶやく。

どこからか低くくぐもった音が聞こえる。無機質な生き物がなにやらぶつぶつとつぶやいているかのようだ。それはハーバーの中にまで忍び込んでくる微かなうねりで船が揺れ、張りつめた舫い綱や船体が軋む音だった。

「友達と江ノ島に遊びにきたときは、よくここにも来たよ。セールとか道具積み込んでるヨットマンたちが格好良くてさ。俺もいつかやってみたいなって思ってた」

静かなバースで主を待つだけの孤独なクルーザーを眺めながら、恋人を想うような目をする。たしかに大輔はヨットをやりたがっていた。学校でも少年向けのヨットスクールへ行っている友達がいたようだ。大輔がヨットをやりたいと言ったとき、源蔵は頑として認めなかった。もちろん家の経済状態からしてとてもやらせる余裕がなかったことはたしかだ。だが源蔵が反対した理由は別にあったに違いない。そうでなければ、何かを憎むようなあんな目をするはずがなかった。

「だから克っちゃんとこの兄ちゃんにウインド教えてもらったときはホント嬉しかったな」

目じりを下げて笑みを浮かべる。

大輔が高校生のとき近所の若者がウインドサーフィンを始めた。重いボードを運ぶのを手伝い、乗せてもらっていたのを源蔵も知っていたが、それには何も言わなかった。どちらかといえば見て見ぬふり。勝手にしろ、という態度だった。ヨットに似てはいてもヨットハーバーに行く必要がなかったからかもしれない。

「俺はウインドでじゅうぶん楽しかったよ。ヨットと同じでさ。風上へもタックしながらどこへでも行けたしさ。葉山あたりまで行ったこともあるし」

大学へ入ってからはボードセーリング部に所属していた。自宅が海のそばということもあって仲間の部員たちがよくやってきたものだ。

「俺って、大学入ってすぐのころは湘南ボーイとか言われちゃったりしてさ」と言いながら照れた顔をする。が、「みんな家（うち）へ遊びに来てから化けの皮剥がれたよね。なんだ漁師の倅じゃねえかって」

空を向いて大笑いする。

湘南の一帯で小動だけは少々雰囲気が違う。いわゆる漁師町で、言葉づかいや気質が周辺の地域とは違っていた。高級住宅や別荘の多い近隣からは粗野で下品というイメージで見られ、その近隣と学区が重なる大輔の中学では住宅地の子と漁師町の子との間で軋轢もあった。

「でもウインドは楽しかったな。もういちど頑張ってオリンピック代表目指すかな」

言ってへらへらと笑う。自分がそんなレベルでないことは、どんな競技でもその国のトップに立つということ。オリンピックに出るということは、じゅうぶんわかっている、という顔だ。たしかにそんな強靭な性格の子ではない。勉学でもスポーツでも一番を目指すようなタイプではなく、どこかおっとりしていて優しいところがある。そんな大輔を見ていると恵子はほっとした気持になる。この子は自分たちとは違う穏やかな人生を歩んでいる、と。

ヨットハーバーをあとにして小さな公園へ来た。

〈聖天島公園〉という標示が出ている。公園の隅に何かを祭った小さな祠があり、祭壇のまわりに猫が何匹か寝そべっている。キャットフードらしきものが置かれ、人が近寄っても逃げない。野良猫のようだが地元民や観光客に可愛がられているのだろう。

「この岩ね、昔は島だったのよ」

公園の端にある一軒家ほどもある大岩を見上げながら恵子は言った。

「え、島？　ってことは、ここが海だったってこと？」

大輔が公園を見回す。平らな地面の周囲に植栽があり、モダンなデザインの小さな建物があるが、それが公衆トイレだということは標識を見ないとわからない。海は道を隔てたヨットハーバーの向こうに見えている。

「これが聖天島なのよ」と目で指す。

恵子はかつてその岩が海に浮かんでいた風景を脳裏に描いた。

聖天島に対して本島とも言うべき江ノ島は急な斜面がそのまま海に落ち込むような地形だった。その斜面に漁師たちの家がへばり付くように建っていた。恵子の家も、そして源蔵の家もかつてそこにあった。家の窓から眺めると濃い群青色の海が広がっていて、対岸は小動岬、七里ヶ浜、稲村ヶ崎と続いている。その眺めは今とあまり変わっていない。ところが真下は海で聖天島が茅ヶ崎の烏帽子岩のようにぽつりと浮かんでいた。そこが今はこの公園になっているのだ。

恵子はベンチに座った。大輔も座る。そこはかつて海の上で水面下には浅い磯が広がっていたということを大輔には想像できないだろう。そう思いながら恵子は祠の前に寝そべる猫を見やった。

「ここが埋め立てられるって決まったとき、反対運動とか起きなかったの？」

大輔がいつになく真剣な顔になって恵子を見る。

大輔がそう聞くのはもっともだ。今であればそうなったかもしれない。でもね、と恵子は戸惑いながら応える。

「あのころは、オリンピックっていうものが今よりずっと大きな意味を持っていたのよ」

そうとしか言いようがない。国がオリンピックをやる、と決めたら国民はそれに協力するのがあたりまえという空気があった。太平洋戦争で敗戦を経験し、戦後の混乱、泥沼からようやく這い上がってきた日本人にとって、それは夢の祭典だった。そのためであればやむを得ない。競技会場建設の説明にやってきた役人たちの熱い言葉に漁師たちは丸めこまれてしまった。

まだ子供だった恵子は何もわからなかったが、今思えばそうだったとしか言いようがない。

「漁業補償も出たし、最後まで反対する人は少なかったの。でも……」

ごく少数だったが埋め立てに反対する漁師はいた。

「お父さんの家、つまり大輔のお祖父さんにあたる人は最後まで反対していたわ」

源蔵の父親は根っからの漁師で、たとえ補償金が出たとしても漁場を失ったのでは漁師としての暮らしが立たない、と強く反対していた。

「そりゃあそうだよね。俺だってそう思うよ」

大輔が神妙な顔になる。

「でも、そういう人は少なかったからね。結局……」

埋め立ては決まり、漁師たちには補償金が支払われた。その金を元手に、ほとんどの家は島を出て勤め人になったと聞いている。恵子の実家も藤沢の町に移り住んで父親は鉄工所へ働きに出るようになった。

「で、磯浦の家はどうしたの？」

そう聞かれて恵子は源蔵の父親の姿を思い浮かべた。胸の中がちくりと痛む。

聖天島の沖に次々と鉄板の柵が撃ち込まれてゆく。源蔵の父親はそれをじっと見つめていた。沖が鉄板の柵ですべて覆われると次は柵の内側に溜まっている海水を汲み出す。やがて黒々とした磯が姿を現した。海藻の匂いが濃く漂っていたのを今も思い出す。磯の生き物たちはさぞ驚いたことだろう。人間の世界であれば地上の空気がすべて無くなる〈地球最後の日〉のようなものだったのだから。

やがてワカメやカジメが干からび、何千、何万という魚や貝の死骸が腐っていった。

「磯浦のお父さんはずっと見ていたわ」

干上がった磯にコンクリートが流し込まれてゆく。自然地形の磯にそれとは異質の人造構造物が次々と占拠してゆく。海藻や魚介の無数の躯（むくろ）がその下に圧し固められ埋め込まれてゆく。

そのときばかりは子供だった恵子の胸にもこみ上げてくるものがあった。どうしようもなく、自分でもわけのわからない涙があふれた。

「磯浦のお父さんは漁業補償で貝の養殖を始めたらしいの。でもうまくいかなかったみたい」

源蔵の父は酒浸りになり体も壊して亡くなったと聞いている。それを追うように母親も、と。

「で、父さんはどうしたの？」

「江ノ島を出て横須賀のほうへ行ったらしいんだけど、そのあとのことは私もよくは知らないの。お父さんもあまり話したがらないし」

その後の磯浦家のことは噂でしか聞いていない。あのころは乱暴な少年という目で見られていた源蔵のことなのであまりよい話はない。横須賀で愚連隊に入ったとか、米兵相手の酒場でバーテンをしている、といったものだがどれも定かではない。

横須賀で、ある時期まではそんな荒れた生活をしていたのかもしれない。恵子もそう思っていた。ところが数年前、社会保険庁の年金記録が大きな社会問題になり、それを契機に磯浦家にも〈ねんきん特別便〉が送られてきた。年金加入履歴に漏れや誤りはないか確かめなさいというものだ。〈消えた年金〉の犠牲者になったのではたまらないと思ってしっかり見た。恵子も源蔵も大きな問題はなく年金が支払われないような事態にはなってなく、ほっとした。だが、ひとつだけ、それからずっと恵子には心に引っかかっていることがある。

〈ねんきん特別便〉の記録によれば、源蔵は中学を卒業して一年ほどは職に就いた形跡がない。

おそらくその期間、噂どおり無頼の生活をしていたのかもしれない。その後の約一年間は船舶修理の会社に勤めている。東浦にいたころは父親の手伝いで漁船のエンジンをいじるのが得意だったのでそれもうなずける。現に今も漁船の機械関係に堪能なので雇われているのだ。そしてその後の一年半は米軍基地で働いていたことになっている。駐留軍等労働者という扱いで厚生年金に加入している。ところがその後の一九六七年から一九七六年までの九年間は就業の記録がないのだ。その後になってからは現在の仕事で国民年金に加入しているので満額給付にはならないが、年金が給付されないというようなことはなさそうだ。ただ九年間の年金未納期間が何だったのか、それとなく源蔵に聞こうとはしてみたが、口をつぐんで話そうとしない。無理に過去を詮索するのを避けてはいるものの、恵子は密かに気になっている。ときどき、ふとそれを思い出してあれこれ想像してしまうことがある。どこかで働いていたが年金は納めていなかった。そんなことがあっても不思議はない。恵子はそう思うことにした。大輔には、源蔵が横須賀の米軍基地で働いていたらしい、とまでは話してあった。だが、年金未納の期間があってその間どこで何をしていたのかわからない、とまでは話していない。その間のことは源蔵も話そうとしないし恵子も聞かないようにしている。本人が話そうとしないことを無理に聞くようなことはしない。それは話し合って決めたことではないが、源蔵との間でいつのまにか暗黙の了解になっていた。源蔵も恵子のあのころを聞こうとしない。源蔵がそんな男だったから一緒になったともいえる。

「へえ。父さんがそんな荒くれ男だったっていうのはちょっと驚いたな。だってテレビのアクション・ドラマとか刑事物とか嫌いじゃない」

大輔が意外に思うのは恵子もよくわかる。たしかにテレビの暴力シーンや拳銃を撃ちあうような場面になると顔色が変わりスイッチを切るかチャンネルを変えてしまう。大輔が夢中で見ているときは、そっとテレビの前から消える。戦争映画も嫌いだ。そんなことから大輔は父親が気の弱い人間だと思っていたのだろう。だが、恵子はそう思っていない。もちろんただの荒くれ者とも思っていない。あの台風の日に見せた優しいところもある。ただ東浦埋め立て工事の最中に離ればなれになり、小動の漁師町で再会するまでの十六年ほどの間に源蔵という男に何があったのか。年金の記録に残らない、そして源蔵自身は語ろうとしない何かが……。

祠の前で寝そべっていた猫がむっくりと起き上がる。背中を弓のように湾曲させて伸びをし大きなあくびをした。

「西浦に行ってみましょう」

猫がとぼとぼ歩き出すのを見て、恵子はふと思い立った。

「西浦？　そこに何かあるの？」

大輔も立ち上がり、両手を挙げて猫のように伸びをする。

西浦はこの東浦のちょうど反対側になる。朝日を拝めるのが東浦。夕日が沈むのを眺めるのによいのは西浦だ。

「お墓があるの」

西浦も島山が急斜面になっていて、そこが墓地になっている。道がわかりづらく島の名所からは離れているので観光客が行くことは滅多にないだろう。


青銅の一ノ鳥居をくぐり、江ノ島神社の参道を上がったところに今度は朱色の二ノ鳥居がある。そこから神社には入らず右に逸れると対岸の片瀬西浜から茅ケ崎までの雄大な景色が臨める。かつて分校があったのもこの辺りだ。そこから自然歩道が続いていて洞窟のある稚児ヶ淵へ至る。が、

「この下が西浦よ」

恵子が指した辺りは、崖のような急斜面が海へ落ち込んだところに小さな入り江が見えた。漁船らしき小舟が何艘か陸揚げされている。

「あそこも漁港なの？」

「昔はね。今はほとんど使われてないみたいだけど」

自然歩道を逸れて西浦に降りる小道は人がすれ違うこともできないほど狭く急な階段になっている。よほど土地勘のある人間でなければそこを降りてゆくことはないだろう。

降りはじめてすぐのところが小さな踊り場のようになっていて石灯籠が二基立っている。奥

には墓石らしきものが見える。

「へぇ、こんなところに何だろう」

旧跡らしく説明板がある。大輔がそれに顔を寄せて読みあげる。

「杉山けんこう、だって」

「杉山けんぎょうって読むの。その人、島の人じゃないんだけどここにお墓作ったのよね」

本名は杉山和一（すぎやまわいち）。検校（けんぎょう）は江戸時代の役職名で盲人である鍼灸師の最も高い職位となる。もともと不器用であったため師匠に破門され実家に帰ることになった。が、その道中、江ノ島に寄ったおり、石につまづいて転んだとき体に刺さるものがあった。それは松葉が貫通した細い竹筒だった。和一はそれをヒントに管鍼法（かんしんほう）を考え出したと言われている。

ほぼそんな意味の説明がされていた。

「管鍼法って、あの鍼治療で細い管に針通して刺すやつ？」

「そう。あれを発明して偉くなったらしいわ」

痛みの少ない細い針を使うには相当熟練した鍼師でなければ針を折ってしまう。だが管を使うことで折らずに刺すことが可能になったのだ。

「今でも使われてる技術を発明したんだからすごいよね」

「そうね。さあ、行くわよ。この下が島の人の墓地なの」

感心している大輔に向かって恵子が先を促す。先に立って狭く急な階段を下りてゆく。陽が傾いて西陽が直にあたる。途中とちゅうに墓石が立っている。崖にへばりつくような墓地だ。墓石は風化した古いものがほとんどだが所々に新しいものもある。

「きっとここらへんだと思うんだけど……」

立ち止まって恵子はあたりを見回す。傾いた墓石、倒れた石、深い雑草の中に埋もれながらわずかに顔をだしている石。墓地というより化野（あだしの）とでも表現したくなるようなところだ。

「何があるの？　もしかして……」

父さんの家の？　と大輔も察したに違いない。

「そう、お父さんの家。磯浦家のお墓」

恵子の実家はすでに島を出たあと墓も移してあった。だから大輔は母親の実家の墓参りだけは行っている。

「これだわ」

雑草が密生している中に傾いた墓石があった。ざらざらと軽石のように風化していたが、なんとか磯浦という文字が読めた。

恵子はその前にしゃがみ、軽く手を合わせてから周りの雑草を引き抜き始めた。

大輔もそれに倣う。

「これは全然手入れしてないね。お参りしたようすもないや」

大輔があきれたように言う。たしかに線香の灰はもとより枯れた花の残骸すらない。

「島には行くなって息子に言ってるくらいだから、やっぱり自分でも来てなかったんだね。どうしてかな」

島で生活ができなくなって飛び出した。それはわかる。だがそうだとしても、今は近くに住んでいるのだから盆や彼岸にも参りに来ないとはどういうことだ、と言いたいのだろう。

恵子も同じ思いだ。源蔵はすべての過去、家、両親や先祖との絆すらも断ち切ったのだろうか。あらかた雑草を抜き終え、端に寄せると、恵子は傾いた墓標に向かってもういちど手を合わせた。記憶の底に微かに残る源蔵の父の面影は、あの東浦の沖を見つめる悲しげな漁師の顔だ。皺の深く刻まれたその顔を想い浮かべて祈る。母親の顔はあまり思い出せなかった。

顔をあげ、横を見ると大輔も手を合わせている。会ったこともなく顔も知らない祖父母に向かって何を祈ったのだろうか。

化野のような墓標の群れが西陽に照らされ、黄金色に染まっている。おそらく長い間、参る人もなかっただろう。そんな忘れ去られたような墓標の下に人の魂は在り続けることができるのだろうか。すでにどこか遠いところへ去ってしまったのではないか。荒れた墓標の群れを見ていると、恵子の胸にふとそんな想いがよぎった。

*

夕飯もすんだころ、電話が鳴った。居間には源蔵も大輔もいるはずだ。恵子は食器を洗っていたので誰か出るだろうと手を休めずに耳を傾けていた。

「はい、磯浦です」

大輔の声だ。だが、そう言ったまま次の反応がない。しばらくしてようやく「あー、はい、ジャストモーメント・プリーズ」と少々戸惑ったような声の英語で応じるのが聞こえた。

「父さーん、ジャッキーさんから。いつもの外人さん！」

源蔵を大声で呼ぶ。ときどき電話してくる横須賀米軍基地の将校のようだ。恵子は洗い物を終えて居間にもどった。

「いつもの外人。きっとまた釣り船の予約だろ」

大輔がテレビの音を小さくしながら言う。玄関のほうで電話に応える流暢な英語が聞こえる。

「しかし、いつもぶすっとしてるくせに外人相手だとちゃんと喋るよね、父さん」

特別朗らかというわけではないが、大輔の言うように日本人の特に家族に対する口調とは明らかに違っている。

しばらくして今度は源蔵が日本語でどこかに電話している。おそらく釣り船屋の池島丸に予約の電話を入れているのだろう。電話をかけてきたアメリカ人将校は日本語ができないのでときどき源蔵に釣り船の手配を頼んでいるのだ。

「俺って、あんまし英語得意じゃないからさ、こういうときは親父のことちっとだけ見直しちゃうね。横須賀のベースで働いてるとあんくらいは喋れるようになるのかね」

大輔はピーナッツを上に放り投げて口に入れると音をたてて噛みくだいた。

源蔵は横須賀の米軍基地で働いていた経験があることだけは大輔にも話している。だがそのころの詳しいことを聞いてもいつも言葉を濁す。今まで断片的に聞いたことを繋ぎ合わせると、漁船のエンジンをいじれたことから船舶修理工場で働いていたが、取引相手のほとんどは米軍基地で、基地内で作業しているところを技術系の将校の目に留まって直接基地で働くようになったらしい。そのあたりは年金の納付記録と合ってはいるが基地で働いていた期間はたかだか一年半ほどだ。あの流暢な英語を聞いていると、やはり船舶修理工場で働く前は米兵相手の酒場にでもいたのかもしれない。そして基地を辞めたあともどこかそんな場所で働いていたのだろうか、と恵子は思うのだった。

*

漆黒の海に明かりが灯っている。夜の江ノ島はまるでイルミネーションをまとったクリスマスツリーのようだ。島山の頂では展望灯台が電光（レーザービーム）の剣を回している。恵子は明日の朝食用に持ち帰るつもりでいた釜揚げシラスを小屋に置き忘れていた。さっき夕食を終えたときに、ふと思い出して取りにきたのだった。

金曜や土曜の夜であれば暴走族が海岸道路をけたたましい音をあげて走るので、このあたりも騒々しいが今夜はじつに静かだ。

ふと風が電線を吹き抜けたような音がした。間を置いてまた聞こえた。漁港の隅で猫が交尾していることもある。だが猫ならばもっとあからさまに鳴く。あの押し殺すようにかすれた声は人間の女が喉からもらしたものだろう。陸揚げされた小型の漁船がスロープに並んでいる。そのどれかの船底で男と女が睦みあっているに違いない。さほどめずらしいことではない。町内の男女かもしれないし、どこからか夜のドライブでやってきた若者どうしかもしれない。

この小動あたりはわけありの男女が吸い寄せられるところなのかもしれない。古くは太宰治が心中事件を起こした場所でもあり、その小動岬の根元にこの漁港はある。

太宰、当時の帝大生津島修治は、まだ十七歳だったカフェの女給をつれて小動岬の畳岩で睡眠薬を飲んで心中を謀った。女給は死に、津島は生き残った。最初から女だけ殺すつもりだったのではないかという疑惑もあったが結局津島は罪を逃れた、という話を、ここでは太宰の小説を読んだこともない漁師でも知っている。

恵子はふとウインチ小屋に目をやる。小型船をスロープから陸揚げするときはワイヤーを巻き上げて引き揚げる。そのウインチを格納する小さな小屋がスロープの上にいくつも並んでいる。中は狭く、ディーゼルエンジンとワイヤーリールがスペースを占領し、二人も入れば腰をおろすことはできない。恵子はあの機械油の匂いが充満する小屋の中を思い出し、ふと恥ずかしさで顔が火照った。

　中学校を出たばかりの源蔵と離れてから、この小動で再会するまで十六年の月日が経っていた。その日はシラスを茹でる大釜の具合が悪く、生シラスで売れ残りそうな分は全部タタミイワシにすることになった。海苔を抄くようにして生のシラスを薄く簾のうえに抄くには少々コツが要り、その手作業がようやくできるようになったころだった。

—東京の大学まで出ておってよ、ここにおるなんて、なんかおかしいと思わねえが—

　恵子が作業していると背中のほうでひそひそ声がした。

—あれ？　知らんかったべか。あの娘、警察捕まって刑務所入ってたって噂だよ—

—ああ、やっぱしねえ。なんかあるさと思ったべよ—

　ふだんの話声より音量をしぼっているようだがもともと地声の大きな漁師のかみさんたちの井戸端会議はしっかり聞こえていた。いや、わざと聞こえるように話しているのかもしれない。

　恵子の胸が高鳴る、心臓の鼓動が耳の奥で聞こえた。いずれ知れること、と覚悟していたが、あんなふうに言われるとやりきれない気持になる。うしろ指をさされ、冷たい視線にさらされながら、これからもここにいることができるだろうか、とこみあげてくるものがあった。

　それにしても、と思う。刑務所ではなく留置所に入っただけだ。起訴は免れたのだから。でも、彼女たちにはその区別もつかないのだろう。

「あんれ、源ちゃん、なにしに来たんよ」

井戸端会議の声がふつうの音量にもどった。

「釜修理してくれって言われてきたんさ」

源ちゃんと呼ばれた男がぶっきらぼうに応える。そのまま小屋の奥にある釜のほうへ歩いて行った。ちらりと顔が見える。そのとき向こうも一瞬こちらを見たような気がした。どこかで見た顔。頭の中にしまってある記憶の写真を端から検索する。と照合する顔が見つかった。

――ああ、あの人だ。

源蔵に違いない。江ノ島、東浦に住んでいたころ、暴れん坊でぶっきらぼうだった……だけど、だけど……あの濡れた手から伝わってきた温もり……、それを同時に想い出す。いや、それはずっと手に残ったままだった。

「婆あ連中の言うことなんか気にすんじゃねえぞ」

お互い東浦のときからの知り合いとわかったあと、源蔵がそう言った。嬉しかった。自分もそのつもりではいたが、ひとりで耐えているより、わかってくれる人間のいることが心の支えになった。それに、源蔵は刑務所云々についてはなにも聞いてこなかった。せめて刑務所ではなく留置所だと言いたかったが話せばいろいろある。話したくない、思い出したくもないこともあった。恵子のあのころに触れようとしない源蔵を心やさしく感じた。

東浦にいたころとは違い、恵子は二十五歳、源蔵は三十二歳になっていた。大人の体になっていた。だから……そんな関係になるのにさほど時間はかからなかった。

燃料の灯油か、ワイヤーリールのグリースか、むせ返るような機械油の匂いが漂っている。狭苦しいウインチ小屋の中で唇を重ねた。言葉はない。源蔵の手が恵子の尻に触れた。恵子はその手を拒絶するように抑える、が、遠慮のない源蔵の手に押し切られる。下着も下ろされ、抵抗する力は骨抜きにされてゆく。いや、自ら受け入れたのかもしれない。恵子の中にも源蔵を求める欲望はあったのだから。

狭い小屋の中に身を横たえる場はない。立ったままうしろから源蔵が入ってきた。喉から漏れる声を押し殺す。ガラスの小窓から船名の書かれた漁船の艫が見えている。舳先を海に向け、ゲートインした競走馬のように並んでいる。その向こうに江ノ島が見える。船の艫、島影、目に映る景色が荒天の船窓のように揺れる。二人の呼吸が荒くなって絡み合う。二人の熱い吐息で窓ガラスが曇ってゆく。島影が揺れながら、やがて霞んで見えなくなったとき、恵子は昇りつめ、果てた。

*

家の電話が鳴った。今は恵子しかいない。
―ああ、添田だけど、源さんいるかい？―
受話器から横柄でしゃがれた男の声がした。小動漁業協同組合の組合長からだ。

「今、ちょっと出かけてますけど、なにか」

おそらく、源蔵はいつものように防波堤にいるのだろう。釣りをするわけでもなく、ただ海を眺めていることがよくある。

—ちっと話しておきてえことがあってな。ほれ、拡張工事のことだ—

老朽化した小動漁港を改修するにあたって国と自治体から資金が出るのでそれに合わせて港域を拡大する計画が出ていた。

—今夜、市民検討会があるだろ。あれに源さんも出て欲しいんさ。いや、なんも喋らんでもえのよ。ただ漁協組合員の全員が一丸となってるっつうとこ見せたくてな—

拡張工事に多額の税金が投入されることや環境への影響を不安視する一般市民から工事への疑問が投げかけられ、市役所がお膳立てする一般参加の検討会がすでに何度か催されていた。だが、源蔵は拡張工事には冷淡で今まで検討会には出たことがなかった。

「わかりました。うちの人に言っときますよ」

—ああ、たのむよ—

言っときます、とは言ったものの、源蔵が出席する可能性はあまりないだろうと恵子は思った。だが、電話のあったことだけは早く知らせておかなければならないと思って割烹着を脱いだ。きっとまた防波堤にいるだろうから。

恵子は額の汗をタオルで拭いながら漁港の奥にある防波堤に向かった。すでに暦は秋に入ってはいたが、まだ太陽はじりじりと照りつけている。漁港内のアスファルトには乾いた小魚が貼りついて干物が腐ったような匂いを発している。そろそろ釣り船が帰ってくる時間だろう。釣果のあがった船は早めにもどってくる。池島丸が着岸しようとしてスクリューを逆回転させる音が響いた。

防波堤の上には釣竿を出す人影がいくつか見える。その中に竿を出すことなく腕を組んで仁王立ちする姿があった。源蔵だろう。暇さえあればここへきて海を眺めている。相模湾の海原を見ているのか、あるいは、かつて東浦の漁場があったヨットハーバーを恨めしく見ているのかもしれない。

「ねえ、源さーん」

恵子が下から声をかける。大輔の前ではお父さんと言い、源蔵と二人だけのときは無意識に源さんと呼んでいた。

防波堤の高さは背丈と同じくらいだ。傾斜がついていて、男であれば垂れた鎖を使ってよじ登れる。いざとなれば恵子にだって登れないことはないが、今は漁協長から電話のあったことを伝言するだけだ。

源蔵がふり向いて、なにしにきた、といわんばかりの顔をする。

「添田さんから電話。今夜の市民検討会に出てくれ、って」

陽がまぶしくて額に手をかざしながら声をはりあげる。

「俺は出ん。そう言っとけ」

いつもながら機嫌の悪そうな顔をする。

「だったら自分で言いなさいな」

源蔵は拡張工事に賛成していない。老朽化したところを直すだけで十分だといつも言っている。多額の税金をかけるのは無駄、というだけでなく、港域を拡大するために防波堤の位置を沖まで延ばせば漁業にとって大事な藻場がなくなる。魚は藻場で産卵し餌もサザエも藻場から生まれるので藻場がなくなれば魚もいなくなる、というようなことを常々言っていた。この話が持ち上がった当初、同じような意見を持つ漁師は源蔵のほかにもいた。だが漁協内での話し合いがすすむうち長老格の添田に説得され、今では源蔵だけになってしまったようだ。

「俺が行っても漁協の役には立たねえよ」

そう言うと顔をまた海に向けてしまった。

「言いたいことがあるなら自分でちゃんと言えばいいでしょ」

源蔵が無口で口下手なのはしかたないと恵子は思っている。だが、言いたいことがあるのに腹の中に抑えこんでおくようなところはややもするといらいらすることがある。それが源蔵の優しさだ、と感じることもあるのだが……。

「俺が行きゃあ漁協がひとつになってねえってことみんなにバラすようなもんさ」

「あたしは添田さんに言われたこと伝えましたからね。断るんなら源さん、自分で言ってよね」

投げつけるように言った。たしかに今の源蔵では添田の意にはそえないだろう。

「そんなに言うならお前が行っとけ！」

はき捨てるように言うなり顔を背けるよう海にもどす。そして腕を組み直し、そのまま彫像のように動かなくなった。

「誰が行くもんですか。あたしは組合員じゃないわよ」

源蔵には聞こえないような小声でつぶやき、防波堤に背を向けて来た道をもどる。しだいに大股になって歩きながら、もういちど口の中でつぶやく。

——あたしは組合員じゃないわよ！

そう言ったものの、家族が代理で会合に出るのはよくあることだ。市民検討会となればいつもの漁協組合員だけではない。粗野で下品で古い考えに凝り固まった漁師の親爺連中とは違う人間の話を聞くこともできるだろう。恵子は若いころからそんな新鮮な人間とのつきあいを大事にしてきた。だからあのような青春を送ってしまったともいえるのだが……。

——行ってみようか。

源蔵の代理で行くとはいえ、添田の電話を受けてのことなので真っ向から漁協に反対の意見を言うわけにもいかない。ただ漁師町の外に住む一般市民がどう思っているのか聞いてみたい。そんな気持がふつふつとわいてきたのだった。

小動小学校の体育館入り口にぼんやりと灯が燈っている。

〈第三回小動の町づくりを考える小動漁港改修市民検討委員会〉

ずいぶんと長ったらしい題目の立て看板が立っている。市役所として一般市民と漁師の双方を立てなければならない苦肉の表現がにじみ出ていた。

集会のようなものへ出るのは久しぶりだ。内容は違っていてもどこかあのころを思い出し、高揚してくる気持が懐かしい。

最初に市役所の農林水産課長だという男が挨拶に立った。国税と地方税を使っての事業であることから水産業者だけではなく市民の了解と支持が得られなければならない。どうか多くの市民の意見を賜りたい。そう言って深々と頭を下げた。

「いったいいくらかかるんですか。教えてください」

市内で商店を営むという中年男が最初に質問した。淡々と言いながら言葉の中に次の一手を隠し持つような雰囲気を滲ませている。

「国税から三十億円、県税から二十億円、市税から十億円、合計で六十億円の計画になっています」

体育館の中がざわめく。が、それはすでに広報にも出ていることだ。商店主という男は、質問というより問題を浮きぼりにさせようとしたのだろう。

「漁協の方って何人くらいいらっしゃるんですか？　漁協の組合長さんにお聞きしたいんですけど」

商店主がふたたび質問した。

漁協組合員は会場の中でかたまって座っている。恵子もその中にいた。

「ええ、現在七十二人です」

しわがれた声がマイクを通して体育館の中に響く。

ふたたび会場がざわめく。

――漁師の人たちに依怙贔屓(えこひいき)してませんか！――

よく声のとおった野次が会場に響く、と続いてそれに同調する野次が飛び交う。

六十億円もの税金をわずか七十二人の漁師が食いつぶすことになるのではないか、と言いたいのだろう。七十二人とはいっても家族の長が組合員になっている場合が多いので、実際に恩恵を受けるのは七十二家族ということになる。単純計算では八千万円以上の金が一家族に投じられることになる。これではさすがに一般市民は納得がいかないだろうと恵子も思う。

しばらく恩恵の不平等が議論になったあと司会役の農林水産課長が額の汗を拭きながら論点を変更する舵取りをした。と、今度は、

「今の計画みたいに沖までせり出した防波堤造られちゃうと波が来なくなっちゃうんですよね」

小動岬の東側となる七里ヶ浜のサーファーだという若者はサーフィンの波と環境への影響を問題視する意見を言い、仲間のサーファーたちから口笛混じりの喝采を受けた。環境への影響については源蔵が藻場のなくなることを懸念するのとほぼ同じ考えだ。恵子は意外にもサーファーがそれを言ってくれたので源蔵の代弁をしなくてすむと少しほっとした。漁協の組合員が工事への疑問を呈したのではやはり今後生活してゆくのに気まずくなる。いや漁師仲間の繋がりを考えれば気まずいていどではすまないだろう。

「私にも言わせてください」

会場のうしろのほうで声がした。係員がマイクを渡しに行くと、その場で喋らずつかつかと前のほうに出てくる。

「大船に住む鈴木と言います」

会場全体に向かって自己紹介する。大勢の前で喋ることに慣れている印象がある。髪は銀髪でサラリーマン風。見た目の年齢は恵子と同じ、いや少しうえだろうか。ふと、目つきが誰かに似ている気がした。芸能人の誰かに、だろうか。恵子は男の頭のてっぺんから足元まで見てしまった。初めて接する人間はついそうやってチェックしてしまう癖が沁みついている。あのころ身についた癖や習慣は今でも抜けきれない。たとえば電車のホームでは絶対一番前には並ばない。電車への飛び込み自殺とされながら、じつは背後から誰かに押されたと疑われる死にかたをした知人がいたからだ。そんな、自分でも嫌になるような警戒心を抱きながらその男の顔をもういちど見た。

「六十億円ですか。大変な金額ですよね」と、大船の鈴木と自己紹介した男が言葉を切って会場内を見回す。そのわずかな間が賛同を醸し出す空気を作る。そしてまた続ける。

「それが漁港の整備に使われる。しかも税金です。それが一部の漁師さんたちだけの恩恵になってしまう。最初に質問された方もそれを問題にされたのだと思います」

会場から割れんばかりの拍手がわき起こる。だが恵子のいる漁協組合員席は静まり返っている。じつに饒舌で人前で話すことに慣れている人間だと恵子は思った。

「でもちょっと考えてみてください。市の水産業が発展するのは漁師さんたちのためだけですか？ この小動のシラスが全国的にも有名になったおかげでこのあたりの料理屋さんにお客さんが来て、観光客も増えているんじゃないでしょうか」

会場内がざわめく。今度は漁協の席からもぱらぱらと拍手が沸く。ええぞオッサン、という漁師親爺まる出しの声援も飛ぶ。

「そうであれば必ずしも漁師さんたちのためだけじゃないでしょう」

—意義なし！—

突如、掛け声がどこからか飛び込む。まるで学生集会……、その瞬間、恵子は、あっ、と思った。

——似ている。

さっきから、どこかで見たような気がしていたが、目つきがそっくりだ。あの人と……。

だが少し額が広い？　かもしれない。少し目尻が下がっている、かもしれない。だが、切れ長で一見優しそうだが、奥から何かを見据えるようなあの目つき。鼻筋のとおったところ。あの口調、相手を理詰めで説き伏せてゆくあの話し方にそっくりだ。アジテーション演説になると激しい調子になるので少し違うが、マイクの持ち方とやや前かがみの姿勢があのころのあの人にそっくりだ。おそらく……赤川公平、いやそれは偽名であって本名は大島敬一。間違いない。恵子は胸の中が激しく揺れた。やがて身体が小さく震えてくる。

男の話はまだ続いていた。だが内容は耳を抜けてゆく。どこか遠いところで演説している声が風にのって聞こえてくるかのようだった。

「私は町中に住んでます。海が好きなんですが家からは見えません。ふらっと行って海辺を散歩できたらいいなって思うんですけど、いい場所ってけっこう少ないですね。漁港の風景も好きです。漁師さんたちが元気に働いているのを見るのは気持がいいです。ですから思うんですよ。一般の人も漁港や桟橋を自由に散歩できるような公園になっていたらいいなってね。できればピクニックにきてバーベキューなんかもできるといいな、って。だからどうせみんなの税金を使って漁港を整備・拡張するなら、漁港をみんなのものにすればいいじゃないですか。大金を使ってもみんなが良かったなって思えるものを作ればいいじゃないですか」

手を広げてアピールする。と、会場からまばらな拍手がわいた。それに同調する拍手が追随する。追随が追随を呼び、やがて力強い拍手に変わっていった。

——議員にでも立候補するつもりか！——

という反発のこめられた野次もあがったが、しだいに好意的な声援が会場を凌駕していった。

パイプ椅子を折りたたむ音が体育館に響く。やがて人波が出口に集まってゆく。ざわめきは総じて明るいものだった。

今日の市民検討委員会は、漁港の整備・拡張もやりようによっては歓迎、という一般市民の演説でだいぶ風向きが変わってしまった。組合長の添田はすっかりご機嫌のようだ。最初に漁協会員数を答えるときは弱々しく喉がかすれるような声だったのに、今は大笑いしながらそばにいる組合員の背中を叩き意気揚々としている。

恵子はといえば、思わぬところで三十数年ぶりに大島という男の顔を見たことで動揺していた。声を掛けようか掛けまいか迷いながら姿を見失わないよう少し離れてあとを追っていた。と、男がふり向き、目が合った。恵子は瞬間的に視線をわずかに逸らせる。まだ声を掛ける勇気はない。だから気づいてないふりをした。が男の視線は恵子を捉えたまま動かない。やがて、人をかき分けるようにして近寄ってくる。ああ、気づいたのだ、あの人も、と恵子は思った。

「菅原。菅原恵子、さん、だよね？」

菅原は恵子の旧姓だ。そんな呼ばれ方をしたのはじつに久しぶりだった。そんな呼び方をする人間、そんな呼び方しか知らない男。恵子は観念してその男の顔をそっと見た。

「いやあ驚いたな。まさかこんなところで君に会えるとは思ってもいなかったよ」

恵子は、江ノ電が路面を走っている通り沿いの喫茶店に大島と入った。そこの店主は顔見知りだったので本当は避けたかったが、ほかに適当な場所が思いあたらなかった。大きな集まりのあったあとだ。知人と偶然会って喫茶店に入ること自体はべつに不自然なことではない。そう開き直ることにした。

「そういえば高校、こっちのほうだったよね、あの江ノ電の駅沿いにある」

恵子がうなずくと、そうだよな、こっちの湘南の人だったんだよな、君は、とひとり感慨にふけるよう言った。

「でもさっき大島さん、鈴木、とかおっしゃってましたよね」

「ああ、あれね。ああいうときはたいてい偽名だよ。あとで何かとうるさいこと言ってくる連中がいるからね」

ふっと一瞬、大島の表情が曇った、と思った。そんな微妙な表情の変化も読み取れる自分にも少し戸惑った。そして、赤川公平という偽名だったあのころをふと思う。それはガリ刷りの新聞記事を書くときのペンネームでもあった。

「タバコ、いいかな?」

大島は胸ポケットに手をあてながら恵子を見る。

恵子が、どうぞ、という顔をすると、「君は？」と恵子の目を見つめる。

恵子は首を横にふった。そうだ、あのころは恵子もタバコを吸っていた。やめたのはシラス小屋で働くようになったころだった。最初だけでも漁師のかみさんたちに吸う姿を見せたくないと思って控えているうちに吸う機会を失っていた。だからそれ以来吸ってない。

大島が胸ポケットから水色のパッケージを出す。ハイライトだ。まだあのころと同じタバコを吸っているのだ、と思う。そして、顔を横に向けて煙を吐いたとき、そのしぐさ、わずかに尖らせた唇、鼻筋のとおった横顔があのころと同じだ、と思った。胸の奥が微かにしめつけられた。

「今は？　家族の方とかいるんでしょ？」

声のトーンが低くなる。家族、というさりげない言い方の中に、探りを入れる匂いがした。

恵子は、ええ、とうなずく。

「子供もいます。もう勤め人の」

聞かれてもいないのに答えた。早く言っておいたほうがいいという防衛線をはるような気持だ。

「そうか、そうだろうな。あれから何年経つだろう」

「言いたくないわ。考えただけで恐ろしくなるくらいよ」

恵子は初めて少しだけ笑うことができた。

「大島さんは？」

敬一さん、と言いそうになったのを飲みこみ、会ってすぐのころのように苗字で言う。

「今は独身。結婚していたときもあったんだけどね」

一瞬表情が曇り、すぐにおどけたように笑う。

誰だろう相手は？　あの女だろうか。恵子は、大きくて切れ長の瞳をした女の顔を思い浮かべた。

「今は何を？　お仕事」

話を結婚からそらせるため、とっさに口をついた質問だったが、まずかったかな、と思った。あのころはお互い人の素性を聞くことにもっと慎重だった。

「ああ、今、こういうのやってるんだ」

言いながら上着のポケットから名刺を出す。

「へえ、経営コンサルタントをされてるの？」

肩書を見て意外だと思った。名刺に会社名や住所はなく、肩書と氏名、そしてメール・アドレスだけが印刷されたシンプルなものだった。

「以前は学習塾とか予備校の講師なんかやってたんだけどね。あの商売もタレント業みたいなものでね。だんだん性に合わなくなってね」

言葉尻が消え、ふと顔が曇ったかに見えた。

性に合わなくなって、というのは自身の思想や心情とそりが合わなくなって自分から遠ざかったということだ。だが言葉とは裏はらに、じつは社交性のない大島が相手にされなくなったのではないかと恵子は思った。

大島は大学を中退したはずだ。というより退学処分だったろう。一般の企業に就職するような道からは外れたに違いない。だが、それは大島だけの責任とは言い切れない。恵子の責めに因るところもきっとあったはずだ。そう思うと大島の顔を見ることができなくなって目をふせた。

大島の声が頭のうえを通過してゆく。

「まあ、経営コンサルタントってのは何でも屋でね。けっこう泥臭い仕事ですよ」

ため息をつき、投げやりに言う。そうして少しずつお互いの今を小出しにしてゆく。あのころを思い浮かべながら……。

「そうか。漁協側の人だったんだね、今日は」

「ええ、だから今日は大島さんのお話、感心して聞いていたわ。もううちの組合長さんなんか大喜びじゃないかしら」

鉛のように重い何かが胸の底に沈んでいながら、言葉だけは軽く出す。

「うん、まあそうかな」

手放しでは喜ばないながら満足そうな顔をする。

「で、もちろん君は漁港拡張派なんだろ?」

整備がいつのまにか拡張になっている、と恵子は少しだけ引っ掛かる。

「うーん、じつは主人があまり乗り気じゃないの。とくに防波堤を沖に延長する計画はね」

「あ、そうなんだ。漁協の中にもそういう人がいたんだ」

タバコを灰皿でもみ消しながら難しい顔をする。

「あのサーファーの人たちが言ってたみたいに環境に悪影響が出るんじゃないかって心配してるの」

「藻場がなくなるんじゃないかって?」

「そう」

恵子はうなずきながら、大島がずいぶんとこの地域の事情を知っているのだな、と思った。

「でもね、藻場っていうのは水産研究者に言わせればきちんと再生できるらしいよ。拡張した港の外側に海藻類の生育する環境を人工的に造る事業も今回の計画に入ってるらしいけどね」

それが本当なら源蔵の懸念は解消し、サーファーたちの憂いは波への影響だけになる。

「まあ、こういうことって、すべての人が納得するのは難しいけど、最大公約数を見つけてソフトランディングできればいいんだけどね」

あのころの大島の面影は色濃く残っているのに、考え方はずいぶんと柔軟になったように思える。

「大島さん、変わったわね」

正直な感慨が思わず口からもれた。

「そりゃあね。あのころとは違うさ」

そう言って遠い目をする。大島の口からあのころという言葉が出たとたん恵子は過ぎ去ったあの時間を、この瞬間大島と共有したのを感じた。

沈黙が流れる……と、外の電車通りで緊急車両のサイレン音がしている。甲高い音がしだいに近づき、耳をつんざくような騒音がしたかと思うと、次の瞬間低い音に転じて遠ざかっていった。と、大島の表情がおかしくなった。目は一点を見すえ、唇が震えている。

「大島さん……。大島さん」

タバコをもみ消そうと吸い殻を灰皿に押しつけた手が震えている。

「大島さん。どうしたの。具合でも……」

息が荒くなり、こめかみに青筋の血管が浮いている。

「ちょっと失礼」

震える声で言い、胸の内ポケットをまさぐっている。小さなケースを取り出し、震える手で蓋を開けると、錠剤のシートがある。それをぎごちない手つきで破り、白い錠剤を口に入れる。コーヒーカップを取ったがすぐに水のグラスに持ち変えていっきに飲み込む。と、ぜいぜいと荒い息をした。

「どこかお体がよくないの？」

恵子は心配になって大島の顔を覗きこむ。

「いや、何でもない」

とは言ったものの、顔面は蒼白でただならぬ表情だ。それでも荒い息はしだいにおさまってゆく。いちど深く息を吸って吐くと、

「いや、格好悪いとこ見せちまったな」

顔はまだ青白いまま、ようやく薄く笑った。

「お加減が良くないなら、もう……」

もう帰ろう、と言おうとした。もう二度と会わないつもりで……。

「持病なんだ。あれからね。さっきみたいな音聞くと、発作的に閉所恐怖、っていうか……」

大島が口にしたあれから、とはきっと……。

恵子は、しまいこんであったあのころの記憶が自責の念とともに、どうしようもなくあふれ出てくるのを抑えられなかった。

二

We shall overcome　We shall overcome ……

デモ隊の先頭のほうからギターに合わせて歌声が聞こえてくる。

その歌声は恵子の胸に響いた。

We shall overcome
歌が歌を呼び、声が重なりあい、隊列が大合唱を始める。それにつられて、いつのまにか恵子も口ずさんでいた。

——私もやらなくては。きっとできる。

いったい何を？　それが曖昧なまま、胸の中に熱い何かが満ちてくるような気がした。

江ノ電沿線にある海の見える県立高校。青春ドラマの舞台にもなったその高校に恵子は憧れていた。藤沢からは江ノ電一本で通えるし、その途中には〈江ノ島〉という駅があり、学校からも、かつて生まれ育ったその島が望める。入試に合格したときは天にも昇る気持だった。輝くような青春と高校生活が始まるかに思えた。

憧れていたとおり、教室の窓からは煌めく海が見える。英語の先生は風体こそあまり冴えなかったが発音がアメリカ人っぽくて、やはり中学の先生とは違うな、と感心し、グランドではラグビー部の男子たちが泥だらけになって練習に励んでいる。横縞のユニフォーム姿が砂浜をランニングしているのを見ていると、まさに青春ドラマそのものの世界に今自分はいるのだ、と思った。

だが、そんな浮かれた気分は半年も続かなかった。

教室の窓から海の煌めきを眺めていると、心地よさの中でふと心が揺らぐ。胸の中に大きな空洞がぽっかり空いていることに気づき始める。

――いったい私は何のために毎日学校へ来ているの？

この学校へ入るために一生懸命勉強はした。けれど今、何のために英単語を暗記し、数学や物理の公式を覚えるの？　自分は何がしたいの？　何が欲しいの？　友達？　将来の夢？　それとも恋人……考えれば考えるほど、目に映る煌めく海とは逆に虚しい想いが胸の中に拡がってゆく。自分は本当にこれでいいの、と繰り返し自分に問いかける。ふと、あの人たちは今どうしているのだろう、という想いが過る。あの人たち……東浦の人たちはほとんどが島の外で働くようになったと聞いている。海と船で暮らしていた漁師たち、そんな人間が……みなうまくやっていけているのだろうか。自分は今、こうしていてよいのだろうか……。

新聞やテレビでは〈ベトナム〉、〈日米安保条約〉、〈沖縄返還〉、〈三里塚〉、といった文字を目にする。自分はとんでもなく居場所を間違えているのではないか、という想いがつのり始める。

ある日、藤沢の街頭で配られたビラで〈ベトナム戦争に反対する市民のデモ〉が東京で行われることを知った。

——行ってみよう。

ふと思った。何でアメリカは自分の国じゃなくてベトナムで戦争しているの？　人が好き好んで人を殺しにいくなんてあり得ない。なんで戦争なんかするの？　そんな叫びが胸の中で反響している。それを外に向かって吐き出したくなった。ベトナム戦争に反対するデモへ行くことで何かが見えてくるのでは？　胸の中の虚しさを埋めることができるのではないか？　そう思って恵子は初めて一人東京へやってきたのだった。

We shall overcome
今、ここにいるみんなと歌うことで、叫ぶことで、何かが変わるかもしれない。そんな気持がふつふつとわいてくる。
—うしろのほう、三列になってますよ！　ほら、幅を拡げないで！—

スピーカーから太い声が流れてくる。警官がパトカーの中でマイクに向かっている。

テレビのニュースで見た青黒い戦闘服に鉄兜をかぶったような機動隊が来るのでは、という心配は無用だった。デモに参加している人もヘルメットなどかぶっていない。たまに列の幅を拡げて警官に注意されるていどだ。やがてビル街の中にこんもりと木々の茂る場所が見えてくる。デモ行進は終わりに近づいているようで、隊列が大きな公園に入ってゆく。

――ここが日比谷公園？

その名をよく聞くあの公園だろうと思って見回す。公園を囲むように茂る街路樹の向こうに高いビルの頭だけが見えている。都会らしい風景、と恵子は思った。

主催者がスピーカーで挨拶を始める。交代で何人かが喋り終えるとまたギターの音が聞こえだした。

友よ　夜明け前の闇の中で
友よ　戦いの炎を燃やせ

恵子の隣に立っていた誰かが肩に手をかけてきた。

はっとして身をかたくする。そのまま横を見ると大学生か高校生かわからないが恵子より少し上の歳に見える若者だった。

夜明けは近い　夜明けは近い

肩を揺らしながらみんなが歌いだす。と、若者も恵子の肩に手をかけたまま体を揺らして歌う。それに合わせて恵子も歌い始めた。最初は少し照れくさかったが、みんなの声に押されてだんだん自ら声を出してゆく。また、私もやらなくては、きっとできる、という気力がみなぎってくる。やがて理由もわからないまま熱いものがこみあげてきた。

「君、高校生?」

『友よ』の合唱が終わると、肩に手をかけていた手をおろして若者が話しかけてきた。

「ええ」と小さくうなずく。

「そう、じゃあ今度こういうのやるんだけど、来てみない?」

ビラのような紙を渡される。そこにはガリ版刷りで、

〈『ソンミ——ミライ第四地区における虐殺とその波紋』を読む会〉

というタイトルで最後に〈都立H高校　社会問題研究部〉と書かれている。

「それ、うちの高校でやるんだ。ここからすぐ近くさ。君は、高校どこなの?」

そう言われて若者の顔を見上げる。切れ長の目は優しそうだが、その奥にある瞳はどこか冷たそうにも見える。恵子の顔を見ているようでいて、どこか異う世界を虚ろに見つめているような気もする。

恵子が自分の高校と名前を言うと、若者は大島敬一と名乗った。

＊

「こうやって無抵抗の村民五百七人のうち五百四人がキャリー少尉の第一小隊によって殺されたんだ。生き残ったのはわずか三人だけ」

殺された五百四人の中には妊婦を含む女性百八十三人、乳幼児を含む子供百七十三人がいたという。当初、軍上層部は事件を隠蔽し、村民に対する虐殺ではなく〈南ベトナム解放民族戦線のゲリラ部隊との戦い〉という虚偽の報告がなされた。しかし帰還兵の内部告発をきっかけに翌年の一九六九年十二月にジャーナリストのシーモア・ハーシュが『ザ・ニューヨーカー』で真相を報じ、殺害された村民はみな非戦闘員でゲリラはいなかったことが判明した。

「重要なことは、これは氷山の一角ってことなんだ。事件なんて言われているけど、ベトナム戦争では米軍によって村が焼き払われるなんてことは日常茶飯事に起きている。そもそも米軍から見ればベトコンと村民の区別はつかないんだ。そりゃそうさ、農民が米帝に立ち向かってベトコンになるんだから区別なんてないようなもんさ。だから米軍はベトコン狩りをやっていて、いつの間にか農民はすべてゲリラだと思うようになって村ごと殲滅する。それがごく通常のやり方になる。農民は米軍に反感を抱いてゲリラになってゆく。米軍がベトナムに入り込めば入り込むほど彼らの敵であるベトコン、つまり解放戦線のゲリラは増えてゆく。それがベトナム戦争の構図なんだ」

大島敬一は本を机に置いて言った。

都立H高校社会問題研究部の部室には十人ほどの高校生が長机を囲んでいた。大島だけが日本で出版された翻訳本を持っていて、他の参加者はその抜粋をガリ刷りした資料を見ている。大島は〈読む会〉のリーダーのような立場で場をしきっている。冒頭の自己紹介で参加メンバーの半分ほどがH高生でほかは恵子を含め他校からの参加だった。恵子が驚いたのは机に灰皿が置かれ、大島のほか数人が高校生なのにタバコを吸っていることだ。部屋の中は霧がかかったように煙っていた。

「でも、これがアメリカ人ジャーナリストによって明らかにされた、っていうのは評価すべきだと思うな」

大島をサポートするサブリーダーのような立場の男子が言う。

「戦前の日本じゃ考えられないわよね」

髪を段カットにしておかみヘアーにしている女の子がうなずく。彼女もH高生らしい。タバコを挟む指をぴんと立て、どこか背伸びしているのが見えていながら、それでもやはり大人びて見える。

「アメリカにはまだ民主主義が生きているんだね」

メガネをかけた一見ガリ勉タイプの男子が椅子にそり返りながらつぶやく。

「いや、民主主義、はちょっと言いすぎだと思うな。現に軍部は最初この事実を隠蔽しようとしていたんだし、まあ、ごく一部のジャーナリズムは機能してるってことかな」

そう言った男子は肩までの長髪で高校生だというのに髭まで生やしている。

「たしかに民主主義とまではいかないけど、アメリカの中にもベトナム反戦の動きはあるし、この事件を告発した米兵みたいな人たちがいることはたしかさ。だからこそ我々は脱走米兵を積極的に支援すべきだと思うね」

大島が全員を見回して言った。

――みんな大人みたい。

恵子は意見を言い合う高校生たちを見て思った。自分は、なぜアメリカの若者たちが、遠く離れたベトナムの地で殺し合いをしているのか理解できない。殺し合いの好きな人間なんているはずがない。なぜみんなで、殺し合いは嫌だ、戦争は嫌だ、と言わないのだろう。そんな疑問が胸の中で渦巻いていた。だが、それはあまりに幼稚な感覚で、そのまま口にしたら笑われるような気がして黙っていた。

「時間ある人、このあと喫茶店でも行かない？」

〈読む会〉が終わると大島がみんなに声をかけた。数人がそれに応じる。恵子はどうしようか迷った。みんなしっかりとした意見を持っているし、服装や見かけも大人びている。いっしょに行っても溶けこめないような気がした。

「菅原さん、行こうよ」

大島が恵子を見て笑みを浮かべている。恵子は戸惑いながらもうなずいていた。

店内はコーヒーの香りにカレーやナポリタンスパゲティのような匂いも混じっている。

「菅原さんておとなしいんだね」

喫茶店には五人が来ていたが三人と二人にテーブルが分かれてしまった。二人掛けテーブルに大島と恵子が座り、通路を挟んだ四人掛けテーブルにほかの三人が座った。偶然、とは思うが、大島がそう仕向けたようにも思える。

「みんな、ちゃんとした考え持ってるんで、私なんか……ちょっと話しづらかったです」

喫茶店の雰囲気と少人数になった気安さでつい本音がもれた。

「そんな弱気じゃだめだよ。言いたいことがあったらがんがん言わないと」

大島は恵子より一学年上だった。話すのを聞いているともっと上に見え、大学生といってもいいくらいだ。

「みんな大人みたい。そういえば、H高校って制服ないんですか?」

土曜日ではあったが学校内で見かけた生徒はみな私服でまるで大学構内のような雰囲気があった。恵子の高校は土日の部活にも制服で来る生徒が多い。

「去年、制服廃止運動やってなくなったからね。菅原さんのとこはまだ制服なの?」

さも驚いたような顔をする。

「制服って、もともとは軍服だし、ぼくら学生の自由を縛りつけているものの象徴だよ」

H高校では制服廃止運動が起き、生徒総会で廃止を決議したあと学校側と協議し廃止を勝ち取ったという。

「今は評定廃止運動をやってるけど、こっちはなかなか難しいね」

恵子たちが通知表といって当然あってしかるべきだと思っているものを廃止するという。その発想そのものが驚きだった。

「評定は人間をランクづけするものさ。社会の階級にふり分けるための物差しなんだ」

——階級？

恵子は今の日本にそういうものがあるなどと意識したことがない。

「だからランク付けではなくて、たとえば、あなたは物理の運動エネルギーの理解が不足しているからそこをもっと勉強しなさい、というようなアドバイスみたいな評価はあってもいいってことなんだ」

そんなことを学校と交渉しているが、評定は社会や大学からのニーズなので一高校の中で交渉していても埒があかない、と深いため息をついた。

「で、俺、最近思うんだよね。いくら学校の中で活動していてもだめだなって。ベ平会の運動だって今みたいに戦争反対って叫んでいるだけじゃ何も変わっていかないよ」

ベトナムはインドシナを自国領土化しようとする米帝国主義の目論見のもと、ベトナム人はその犠牲になっている。沖縄は日本とアメリカの共同管理下にあってベトナムへの前線補給基地としての機能を負わされている。そのいっぽうで高校の評定も日本の階級社会そのものを変革しないかぎり無くならない。結局は革命によって日本や沖縄を日米共同の帝国主義から解放しないかぎりすべての問題は解決しない。

「既成左翼は核ぬき本土なみでなければ真の返還ではない、なんて言ってるけど、沖縄をたんに米帝から日帝に移譲するだけの返還には何の意味もないのさ。本当に必要なのは米帝と日帝からの解放。つまり革命によってしか今の状況は打破できないんだ」

大島の口からは米帝、日帝、沖縄、安保という言葉が次々と飛び出してくる。目はどこか宙を漂い、恵子に話しかけているのか、自分自身に言い聞かせているのか判然としない。そんな大島を見ていると恵子は、ふと思う。この人たちはとても大きなものに立ち向かっている。何か強い意志を抱いている。なのに自分には何もない。本当にそう？　いいえ、あるわ。ひとつだけ。とても小さな出来事だったけれど、私の胸の中に小さいけれど、たしかな傷が残っている。ベトナムや沖縄にくらべたらあまりに小さくて、誰の目にもとまることなく消えていった……。そのことを、今、大きなことに立ち向かっている人たちに話しても、おそらくわかってもらえないだろう。だから、今は黙っておこう、あの東浦のことを……。

ただ、恵子は大島の熱い語り口に耳を傾けていると、We shall overcome　We shall overcome……という歌声が耳によみがえってくる。

——私も何かしなければならない。いいえ、きっとできるわ。

そんな気持がふつふつとわいてくるのだった。

＊

Ｈ高の社会問題研究部は二つに分裂した。高校生たるものはそれまでのべ平会への参加と学校内活動に的を絞るべきだ、とサブリーダーが主張したのに対し、大島は安保、沖縄といった社会運動に積極参加すべきだと異を唱え、それに同調する者とともにグループを作った。そして恵子は大島たちとともに行動するようになっていった。

駅から明治公園までの間は、鈍く光るジュラルミンの盾が隙間なく並び、紺色のヘルメットをかぶった機動隊員がそのうしろにいる。そのブロック塀のようなジュラルミンの盾を横に見ながら恵子と大島は公園に向かった。

「いつもより多いな」

大島が機動隊を見て興奮を抑えるような笑みを浮かべる。

――荒れるかもしれない。今日は……。

いつもとはどことなく違う張りつめた雰囲気を恵子も感じていた。

まだヘルメットはかぶっていない。なのに機動隊員の射るような視線を感じる。集団の視線が束になって向かってくると物理的な圧迫感があった。

公園内に入るとナップザックに入れてあったヘルメットをかぶった。特定の派閥（セクト）には所属していないことを示す黒色。大島がプラモデル用のプラカラーで塗ってくれたものだ。顔を覆うタオルはまだあごの下にずり下げたままにした。

ヘルメットをかぶった集会参加者の中にはスキーのゴーグルや水中メガネをかけている者もいる。

「さすが考えてるな。あれだったら催涙ガスにも耐えられるよな。今度はあれを持ってこよう」

大島が楽しそうに笑う。緊張した雰囲気を茶化して恵子を安心させようとしてくれているのがわかる。

「きっと催涙弾で痛い目にあったんでしょうね、あのひと」

このまえ恵子が催涙ガスを初めて経験したときは塩素消毒の強いプールの匂いくらいにしか感じなかった。少しだけ目に沁み、鼻にツンときた程度だったので、それほど恐れるに足らないものと思った。だがあのときの催涙弾はかなり遠くで破裂していた。近くであればきっと耐え難いものなのだろう。

公園に造られた演壇上から各派代表のアジテーションが聞こえてくる。拡声器から流れてくる言葉はじつに聞きづらい。雑音のせいよりも癖のある喋り方のためだろう。まるで吠えて噛みついているようだ。恵子はあのアジ演説だけはあまり好きにはなれなかった。それでも「イシッ！」と一斉に呼応する異議なしの掛け声が、いや応なく集会場の雰囲気を高揚させる。今日にも行われようとしている沖縄返還協定調印を何としても阻止するという気迫がこもっていた。

演壇の下でたむろする群衆の中でこちらに向かって手を振っている者がいる。どうやら恵子たちに合図しているようだ。ヘルメットに隠れてよく見えないが、ここのところ一緒に行動している大学生のようだ。

「よお、来たか」

心酔しているゲバラ風の髭面笑顔をこちらに向けている。

「今日もよろしくお願いします」と、恵子は笑顔で応えた。

「出発は夕方だけど、きっとまた遅れるだろうな」

デモ行進が始まると先頭グループが機動隊と小競り合いになり、ひと悶着起きるのがここのところのお決まりだった。

陽の暮れかかるころだった。

やはり出発を前にして機動隊との応酬が始まった。過激なグループが公園の花壇を崩して用意した石を投げる。ジュラルミンの楯に当たるかたく尖った音がする。投石が途切れると、どっと青ヘルメットの軍団が公園内に押し寄せる。学生の集団が引き下がる。また投石。押したり引いたりが繰り返される。やがて装甲車のようなグレイの放水車が現れ、機関銃のごとく水を噴射する。やがて催涙弾が打ちこまれる。上方向四十五度の角度で撃ってくる。頭上で花火のように破裂するとやがて霧雨のようなガスが降ってきて目が沁みた。

「まだ威嚇だな」

ゲバラ風髭のリーダーがつぶやく。

前面にいる学生たちが火炎ビンを投げはじめた。背丈ほどの炎があちこちで上がりはじめる。すると催涙弾が水平に近い角度で飛んできた。まるで銃で狙い撃ちされているかのようだ。やがて濃い塩素ガスが直に飛び散り、それこそ水中メガネが欲しくなってくる。

陽が落ち、街路灯が点いた。押したり引いたりの小競り合いが続いている中、突然耳を劈く(つんざく)ような轟音がした。雷が落ちたのか、と一瞬思った。それまでしていた催涙弾の発射音や破裂音とはまったく異質の音だ。夕闇の中でみなの顔がいっせいに同じ方向を向く。と、ジュラルミンの盾が将棋倒しのように崩れてゆく。青ヘルメット軍団の一角がつぶれ、そのまま固まったように動かない。誰も起き上がってこないのが異様だった。さっきまでは怒涛のように反撃してきたはずなのに……。今まで聞こえていた騒々しい声が止み、真空のような静寂が一瞬辺りを包む。倒れた機動隊に駈けよる者。やがて青い軍団が巣を襲われた蜂のように騒ぎだす。爆弾！　という声を恵子は聞いたような気がした。機動隊の動きがそれまでとは違っている。いつもとは何かが違う。

「行こう。ヤバいよ、これ」

大島が恵子の手をとる。

「今の何？　何だったの？」

恵子は大島に手を引かれながら足が動かなかった。

今まで聞いたことのない爆発音がし、人が倒れてそのまま動かない。そんな光景を目のあたりにしたのは生まれて初めてのことだった。

「とにかく行こう。ここにいたんじゃヤバいよ」

大島が恵子の手を強く引く。バランスを崩して倒れそうになり、ようやくのろのろと歩きだした。

「早く！」

大島がこんどは叱るように言う。

青ヘルメットの一部が重い防護服を持て余しながらもこちらに向かって走ってくるのが見えた。

――逃げないと！

ようやく状況を認識して思考回路が動きだした。これは子供の鬼ごっこではない。自分に敵意を抱く何かが突進してくる。猛牛のような追っ手から必死に逃げる。誰かとぶつかる。一瞬の痛みはどこかへすっ飛び、また走る。誰かに当たって飛ばされる。倒れ、踏みつけられる。

今度は痛くて悲鳴を上げた、と思うが気が動転していたのだろう。何がなんだかよくわからない。誰かが体に覆いかぶさっている。大島のようだ。どうやら何かから庇ってくれたらしい。女のひ弱さと男の頑強さを一瞬感じた。

「走れる?」

大島が耳元で言う。大丈夫と応えたのかうなずいただけかよくわからないが立ちあがって走った。ヘルメットがずれて目を覆う。息が苦しくなって、鼻から下を覆っていたタオルをずり下げた。と、催涙ガスの塩素臭が鼻を突く。

目のまえに塀が立ち塞がっている。頭くらいの高さがある。そのまま助走をつけて飛びついた、が、手は掛かったものの足が縁に掛からない。腕力だけではとてもよじ登ることはできない。だめだ。追いつかれる、という恐怖に襲われる。泣きそうになった。

「もう一度!」

大島が頭の上で怒鳴る。

言われてもう一度飛びつく、が、足が掛らない。すると襟首を鷲づかみされる。大島だろう。服が千切れそうな音がした。首が締まる、が、引っぱりあげられたおかげでわずかに体が浮き上がり、なんとか足が塀の縁にかかってようやく上がることができた。そのまま塀の向こう側へ飛び降り、ようやく公園の外へ出た。

東京の土地勘はまったくない。ここはもう、ただ大島についてゆくしかないだろう。

ふだんならば車が頻繁に走っているはずの都会の道路が不気味に閑散としている。車道が街灯に冷たく照らされている。アスファルトの路面に石の欠片が散乱している。歩道の土がむき出しになっている。きっと敷石を剥いで割って投石に使ったのだろう。車道にズックの靴が転がり、ナップザックが落ちている。まるで子供が戯れたあとのようだ。ふだん目にする都会の街とはようすが一変していた。

「あっちだ！」

大島が指さす。ただそれに従って走った。息が切れる。体育の長距離走ならばマイペースで走れる。だが短距離走のスピードで息が切れるまで走っては歩き、それを繰り返す。こんなに走ったのは初めてだ。

「さっきのって、爆弾だったの？」

走るのに疲れ、やがて歩き出す。ようやく話ができるほど息が整ってきたころ、胸の中にあった疑問を口にした。

「たぶん、ね」

大島も息が荒く、そう返事するのがやっとのようだ。

「死んじゃうじゃない」

涙声になってしまった。人を殺してまで何をしようというのだろう。たとえ機動隊とはいえ同じ人間ではないか、そんな思いがどっとあふれてきた。

「どこのセクトだろうな。あんなことやるなんて聞いてなかったよ」

「いくらなんでも……」

どうしようもなく声が震える。

「もう投石や火炎ビンじゃ阻止できないってことなんだろうな」

感情を含まない声で大島がつぶやいた。と、そのとき、前方の歩道に数人の人影が見えた。

機動隊ではないが制服警官のようだ。

「そこ曲がろう」

大島が声を潜めて言った。すぐ脇の路地に入る。後ろが気になって何度もふり返る。狭い路地を何度も曲がってどこをどう歩いたのか恵子にはわからない。

「この道知ってるの?」

大島に聞いてみる。と、「いや」とだけ応える。やはり追手からただ逃げているだけなのだろう。ときどき目に入る街区標示から、どうやら渋谷のほうへ向かっているようだ。ヘルメットをかぶったままだったことに気づいて脱ぎ、手に提げる。汗に濡れた髪が肌にはりつき、夜風に冷たい。見かける人影がみな警官に思えてくる。おそらく大島も同じだったのだろう。人影が目に入るたびに脇道を探して曲がった。

歩いていても、さっきの爆弾で人が倒れたことが頭から離れない。

――そこまでする必要がどこにあるの? 警察官だって人間じゃない。

そう思いながら、歩き続ける。が、だんだん足が痛くなってきた。

暗く狭い路地に迷い込んでいた。何やら今までと雰囲気が違う。大きな看板は見当たらない。暗い足元をぼんやりと照らす小さな蛍光灯の看板。まるで雪洞のように路地のところどころに灯っている。白地に紫色の字で〈お気軽にお入りください〉と書かれている。〈ホテル○○〉という字も目に入る。その辺りがどういうところなのか何となくわかってきて、今大島と二人でいることに気まずさを感じた。

「へんなとこ来ちゃったな」

大島も同じように思ったのだろう。茶化すように言ったときだった。前方に人影が見えた。

「まずいな」

大島がつぶやき、足を止めた。

影は二つ。なんとなく制服警官のような気がする。

「もどろう」

そう言って大島がふり返る。恵子も何も言わず今来た路をふり返った。すると、もどろうとした路の奥、その曲がり角からも人影が現れた。

「ちっくしょ……」

大島が言うのを聞いて、恵子も何か追いつめられてしまったような気になった。

警官かどうかもわからない。だが不安が膨れ上がり、つい悪いほうを想像してしまう。おそらく大島も同じだったのだろう。一本道で前からも後ろからも警官に追い込まれ、挟み打ちされたと思った。絶体絶命、と胸の中で観念しかけたときだった。大島が手を掴んで強く引く。一瞬どういうことかわからずに立ちすくむ。

「早く。考えてるひまないよ！」

大島は、囁くような小声ながら、ぴしゃりと言った。

その小さく鋭い声に気圧されるよう、恵子はふらふらと建物の中に入った。眩しい。思わず目をつむる。そこは、暗い夜道を長時間歩いてきた目には明るすぎた。

フロントの窓口は低く小さかった。中にいる人の顔もよく見えない。が、そのほうがよい。大島が中の人と何やら話している間、恵子はその背中に隠れるようにして立っていた。

大島は番号の刻印された透明棒のキーホルダーを持って前を歩き、恵子はそのあとについて行った。二人入っただけでいっぱいになってしまう狭苦しいエレベーター。大島は表示板に点灯した階数が移動してゆくのをじっと見つめている。今、いったい何を考えているの、と思いながら恵子も同じように階数の点灯を目で追っていた。

「しょうがないよ。緊急事態だもん」

大島が表示板を見据えたままつぶやく。恵子に言っているようでもあり、自分に言い訳しているようにも聞こえる。落ち着いて考えれば、さっき路地で人影を見たとき、持っていたヘルメットを脇へ放り捨て、あたかも恋人どうしのように手を繋いで歩き、何食わぬ顔で通り過ぎる、という手もあった。だがさっきはそこまで頭がまわらなかった。

「しまった。受付でメット見られたかな」

大島が手に提げたヘルメットを恨めしそうに見下ろす。

「通報されるかしら、警察に」

恵子は言いながら、もうどうにでもなれ、という捨て鉢な気になっていた。

階数表示の〈3〉が点灯して扉が開いた。狭い通路が暗い灯りに照らされている。

〈3××〉と表示されたドアの前に立つ。キーホルダーの番号と同じだった。

*

大島は都心にキャンパスのあるM大学へ進んだ。そして恵子もそれを追うように同じ大学へ入った。高校の二、三年は勉強そっちのけで学外の活動に明け暮れていたので現役では受からず一年浪人した。何としても大島と同じ大学へ行きたいという気持があったから。

大島のほうは父親の転勤で家族とも福岡へ移ったので一人下宿生活を送っていた。入り口の玄関で靴を脱ぐ古い木造アパートだ。黒ずんだ板敷きの廊下を挟んで両側に部屋の扉が並んでいる。その一番奥に共同のトイレがあった。

「やったぞ。ついにサイゴン解放だ」

大島が朝刊の一面を見、うわずった声をあげた。

恵子は昨晩も大島の下宿に泊っていた。ときどきそんなことがあるようになっていた。ふだんは藤沢の自宅から通っていたが、親には友人の下宿に泊るとだけ言ってあった。うすうす気づかれていて学生運動に関わっていることも親は知っていた。そのことで親と多少の諍いはあったが、すでに既成事実として半ば諦められているところもあった。

四畳半ひと間。机と山積みになった本をよけてひとつの布団を敷くとそれだけでいっぱいになってしまう部屋だった。

朝になって二人の匂いが沁みた布団をあげ、小さな卓袱台を置く。バターも何もつけていないトーストとインスタントコーヒーを入れたマグカップが二つあった。

沖縄返還協定が調印されたあの日、まだ高校生だった大島と、男と女の関係になった。偶然には違いない。だが、恵子のほうはそれ以前から大島に想いを寄せていた。だからそうなったことを偶然のせいだけにはしていなかった。

〈サイゴン陥落〉

新聞の上段に大きく横書きされた見出しはそうなっていた。大島はそれを解放と言った。

「このヘリコプター、米軍のでしょう？　なんで」

恵子は大島の読んでいる新聞をのぞきこみ写真を指さした。

航空母艦の上から何人もの兵隊がいっしょになってヘリコプターを押し、甲板から海に突き落とそうとしている。ヘリは傾き、まさに落下する寸前を捉えた写真だった。

「ベトナムを捨てて出てゆく人間を運んだあとは用ずみだし、船は人がいっぱいでヘリを置いておく場所もないからさ」と大島が記事に目を落としながら言う。

すでに二年前、パリ和平協定で米軍の主要部隊はベトナムから撤退していたが、一部の軍人や軍属がまだ残っていた。それに米軍に与したかなり多くの南ベトナム人が解放勢力を恐れてサイゴンから脱出しようとしているという。アメリカは南シナ海に艦隊を待機させ、ヘリコプターによる撤退者の搬出作戦を展開した。

「まったく情けないよな。自分の国が解放されたんだからみんなで国を再建しよう、って気にならないのかね」

新聞にはサイゴン市内でヘリコプターに群がり、飛び立とうとしている機体にベトナム人らしい男がぶら下がっている写真もある。

大島は、情けない、と言ったが、恵子はなぜか胸のしめつけられるような痛みを感じた。解放は喜ぶべきだろう。だが、写真には故国すら捨て去ろうとする民の追いつめられた姿が焼きついていた。米軍が脱出させようとしているのは米軍属と外国人、政府高官など米軍に協力したベトナム人とその家族に限られているという。サイゴンでは何とか米軍のヘリコプターに乗せてもらおうと大混乱になっているようだ。軍属や外国人の妻であれば乗れる。だから急いで結婚しようとする女、形だけでも結婚の証明書類にサインを求める女たちがいるという。

「今日は祝杯だな。景気よくやろうよ」

大島が笑みを浮かべている。近ごろあまり見ない表情だ、と恵子は思った。

「これでベトナムは米帝からやっと解放されたんだ。日本だって日帝から解放しなくちゃな。黙って見ていてもだめさ。ベトナム人民のように力で勝ち取るしかないのさ。やっぱり革命は武力闘争しかないんだ……」

大島はどこか宙を見つめるような目をしてつぶやいた。その視線の先に自分はいないのではないか、と恵子はときどき思う。だが、それでも、

——ついて行こう。私はこの人について行くの。

卓袱台に載った二つのマグカップを見つめて恵子は思った。そして、恵子の頭の中でWe shall overcomeが響き、大島に肩を抱かれながら歌った日の情景がよみがえった。

東浦のことは、まだ胸の中にとどめたまま話していない。

＊

友よ　夜明け前の闇の中で
友よ　戦いの炎を燃やせ
大島はさっきから『友よ』を口ずさんでいる。卓袱台のうえにはサントリーレッドのビンと

ウィスキーの入ったコップがある。酒はあまり強いほうではない。なのに今夜はどこからかそんなものを持ってきた。

「あんまり飲まないほうがいいんじゃない。傷によくないわよ」

恵子がたしなめる。大島は数日前、顔に痣をつくって帰ってきた。喧嘩だったのか、他のセクトとの抗争だったのか、理由は言わなかった。

夜明けは遠い　夜明けは遠い
〈遠い〉に力を込め、怒鳴るように歌い、箸でコップをたたいている。

「なあ恵子」

――ああ、恵子と呼んでくれた。

胸の中がぽっと熱くなる。

「夜明けが近い、なんてのは幻想さ。そう、共同幻想！　都合のいい思いこみなんだ。現実は厳しいぞ。そう簡単にこの世の中が変わるなんて思ったら大間違いなんだ。闘いはまだまだ続く。長い、長い闘いが、これからもずっと続くんだ！」

だから武装して地下に潜り、徹底的に抗戦しなければならない、と大島は壊れたレコードのように繰り返していた。

――闘う、って、いったい相手は誰なの？　あなたの敵は、今どこにいるの？

大島の顔を見る。片ほうの頬骨が青紫色に腫れている。

「じゃあ、夜明けはいつになったら来るの？　いったい何を倒そうとしてるの？　敬一さんは」

敬一と呼べるのはこんなときだけだ。いつもは大島さん、だから。

「何を倒そうとしているかって？　いい質問だね」

呂律の回らない口でとろんとした目を向けてくる。

「そりゃあ、権力体制に決まってるでしょ。日帝、そして米帝さ。ところが、だな。そのまえにやらなきゃいけない連中がいるってことが最近わかってきたんだ」

そこまで言って大島はコップのウイスキーを少しだけ舐め、苦い薬でも飲んだように顔をしかめた。

「そういう連中がいちばん危ないんだ。そう、革命的なポーズだけとっていて、じつは反革命分子なんだ。口ではていのいいこと言って大衆の気を惹いておきながら肝心な時に闘わない。闘わない、ってことは権力に与してる、ってことだろ。革命勢力の結束を分断して力を弱めているのさ。奴ら……。本当は権力側のスパイかもしれない」

目がすわり、箸で窓の外を指す。

「奴らって、誰のこと？　どこにいるのよ」

また大島の頬骨の痣を見てしまう。悲しみが込み上げてくる。何か違うのではないか？　大島は何か間違った方向に行こうとしてるのではないか。そんな不安がわいてくる。

「俺たちから離反していったL同派さ」

焦点の定まらないような目をする。

「あの人たちが敵だっていうの？」

このままでともに活動していたメンバーの顔が浮かぶ。たしかに闘争方針に些細なずれが生じ始めていたように思っていた。ぎくしゃくとした雰囲気があったこともたしかだ。だが、それをどうして敵とまで言ってしまうのだろう、と思う。

「そうさ。我々の闘いに参加しないってことは、結果として権力に与していることになるだろう」

宙を漂っていた大島の目が恵子に向く。

「なあ、恵子。あいつらのほうになんか絶対行くなよ」

大島の目が懇願するような色になる。頬骨の痣が痛々しさをこえ、みじめだった。そして、

――また恵子と呼んでくれた。

「俺のそばにいてくれよ。な」

肩を抱き寄せられる。頬がふれる。体を強く抱きしめられる。

――この人は私を必要としてくれている。だったら、たとえ夜明けは遠くなっても、ついてゆく……。

恵子も大島の背中に手をまわした。大島の想いに応えるように……。

＊

「武田が死んだよ」

下宿へ帰ってくるなり大島がぼそっと言った。肩を落とし、力なく戸口につっ立っている。

暮れもおし迫ったころだった。今日は久しぶりに下宿へもどるのでいっしょに夕食をとろうということになっていた。

大島は、最近、目つきが鋭くなって恵子でも怖いと思うことがあった。なのに……。

武田が死んだ、と言ったままどこか宙を見ている。その目は虚ろで力がなかった。頬はこけ、心もちやつれて見える。髭を伸ばしているせいもあるだろう。人相を変えるためで、名前も外では赤川公平という偽名を使っていた。

「武田ってあのレポの武田さん？」

武田は同じセクトで情報部隊のリーダーだった。

「ああ、中央線で飛び込み自殺だとさ」

放心したような顔から弱々しく言葉が漏れてくる。

「自殺？」

死んだと聞いたときは事故かと理由もなく思ったのが覆される。

「違うに決まってるだろ！」と急に怒ったような顔になり、すぐに「あいつが自殺なんかするはずないよ。昨日だって、会ったとき冗談言って笑ってたんだから」と自分でも信じられない、という顔をした。

「じゃあ」

「殺られたのさ、きっと」

「誰に？」

「公安、ではないな。あいつらだったら生け捕りにして口を割らせようとするはずさ。すぐには殺さないだろう」

「じゃあ、誰よ」

「おそらくL同派だよ」

夕方のラッシュアワーの時間だったらしい。電車がホームに入ってくる直前、線路に飛び降りたという目撃があるという。

「押されたに決まってる。きっとあいつらだ」

大島は部屋の間口に立ったまま拳を握り、その腕がわなわなと震えだした。

「悪意で押されたって確かじゃないんでしょ。事故ってことだって……」

恵子もわかって言ってるわけではない。ただ、そう思いたいだけだった。言いながら、メガネをかけたあの柔和な顔がふと思い浮かぶ。恨みを買うような人間には見えなかった。特に親しかったわけではない。だが、近くにいた仲間が死んだという事実が重くのしかかってくる。

「まあ、落ち着こう」

大島は言いながら卓袱台の前に胡坐をかいて座った。

落ち着こう、と言った顔が硬直している。内心そうとう動揺しているのがわかった。

ジャンパーのポケットからハイライトを出すと、指で弾いてフィルターを浮かし摘まみ出す。

それを見て恵子は灰皿を卓袱台に置いた。

大島のタバコを挟む指が微かに震えている。深呼吸でもするように深く吸い、そして長い煙を吐いた。

「まあ、俺たちも気をつけないとな」

そう自分に言い聞かせるよううなずいてから恵子の顔を見た。

ようやくいつもの大島にもどったような目だった。

「駅のホームは気をつけろよ。ぜったいホームの端に立っちゃだめだ」

恵子はそう言われて、状況を頭に浮かべた。駅のホームに立っていて、電車が入ってくる。

車両の前面が目の前に迫ったとき、突然ぐいと背中を押される。想像した瞬間、鳥肌が立った。

「それから、君はこれからしばらく兵站(へいたん)に徹したほうがいい」

兵站部隊とは軍隊でいえば補給部隊のことで、大島たち軍事部門のバックアップをするグループだ。武力闘争には加わらず一般の学生を装いながら食糧や闘争物資の補給支援を担う。

今ではセクトのリーダー格になっている大島にそう言われれば従うだけだ。どんな役割でもよい。セクトや大島のためになるならば、と思いながら恵子もハイライトのパッケージに手をのばす。その手が震えているのが自分でもわかった。

*

恵子は大島に頼まれた物を届けにアジトへやってきた。

学生会館にあるノンフィクション文学同好会がセクトのアジトになっていた。〈ノンフィクション文学〉は初めからカムフラージュだ。学外にアジトを設けている他のセクトもあるが、それは何らかの理由で学校をしめ出されたために仕方なくそうしているだけで、警察権力の手を逃れるには大学構内が最も安全だった。

同好会の部屋に入ると謄写版インクの匂いがした。ヘルメットをかぶったまま軍手をした手で鉄筆を握り、ロウ原紙に向かっている学生がいる。ふつうの感覚では妙なことだが、ここでは珍しいことではない。部屋のすみにヘルメットが重ねて積んであり、旗を巻きつけた太い竹竿が壁いち面に立て懸けてある。学生運動の拠点となっていることはひと目でわかるが、本当に見られてまずいものは置かないようにしてある。そういうものは奥にあるもうひとつの部屋にあった。そこはセクトの人間でも軍事部門のメンバーしか立ち入れないことになっている。

「赤川さんいますか?」

恵子は奥の部屋のドアをノックして呼びかけた。ここではすでに大島敬一という名を使わないことになっている。

鍵を開ける音がした。十五センチほどドアが開く。チェーンの補助鍵が掛けられたまま、中から顔を出したのは細面の女だった。無表情に刺すような視線を向けてくる。長い黒髪をうしろで纏めポニーテールにしている。切れ長の目だが瞳は大きく、その目に吸い込まれてしまいそうな危うさを漂わせた女だった。

「誰だった？　よう子」

赤川公平こと大島敬一の声だ。

——よう子？

目の前にいる女のことらしい。

「菅原です」

恵子は大島に聞こえるよう、よう子と呼ばれた女のうしろに向かって言った。

「ああ、君か。例のやつ持ってきてくれた？」

大島が、女の背後から顔を出した。チェーン鍵は掛けられたままだ。恵子はその隙間から例の物をさし入れた。金物屋でふつうに売っているものだが、大学の近辺ではなく遠く離れた場所で買ってくること、というのが大島の指示だった。

「サンキュー。レシート、会計に渡して金もらっといて」

それだけ言うと部屋の中に消えてしまった。例の物はよう子という女が無言で隙間から受け取る。チェーンはそのまま外されることなくドアは閉じられ、中から鍵をかける金属の冷たい音がした。

部屋の中は二人だけだったのだろうか。チェーンで仕切られた部屋の中と外は見えないバリアで遮られているような気がした。

軍事部門には学外の者もいるし、初めて見る人間であっても不思議はない。どちらかと言えば恵子の知らない人間のほうが多いくらいだ。よう子という名も偽名かもしれない。それにしても、と恵子は思う。大島があの女のことをそう呼んだことが、胸の中でもやもやしていた。大島は、外ではたいてい恵子のことを君と呼ぶ。恵子と呼んでくれるのは下宿に二人でいるときだけだ。だが、本当はふだんから、ごくふつうに恵子と呼んで欲しかった。なのに……。

＊

その日、大島は下宿に帰ってこなかった。

恵子は大島の匂いの沁みついた布団の中でほとんど眠れない一夜を過ごした。廊下で足音がするたびに大島が帰ってきたのか、と小さく胸が踊る、が、そのたびに裏切られた。最近は連絡のないまま二、三日下宿にもどらないことがある。たいていはアジトで寝泊まりしているようだが、大島は恵子にも居場所をはっきりと言わないことが多くなった。公安や他セクトへの対策だとわかってはいるものの、ふと、それだけだろうか、と近ごろ思う。

窓の外が明るくなり、自転車やバイクの音が聞こえ始める。スズメの鳴く声がする。起きて、流し台でひとり歯を磨く。コップに立ててある大島の歯ブラシがどこかそっぽを向いている。恵子は彼がどこか遠くへ行ってしまい、自分ひとりこの小さな部屋にとり残されたような孤独を覚えた。湯を沸かし、インスタントコーヒーを飲もうとしたらビンの底に黒い粉はわずかしか残っていなかった。淡(うす)いすまし汁のような湯をすすったとき涙がこぼれ、微かに塩っぱい味になった。きっと今夜には帰ってくる。そう思うよう自身の胸に言い聞かせる。

昨日着ていたのと同じ服をまた着て部屋を出る。いつもながら、廊下で誰にも会わないといいな、と思う。そして玄関で靴を履くまで誰にも会うことはなかった。

アパートを出る。いつもと同じ朝の空気、と思ったとき、真向かいの空き地にコートを着た中年の男と女が立っているのが見えた。こんな朝の早い時間に、そんなところで、人がただ立っていることに微かな違和感を覚えた。ただのアベック、という雰囲気でもない。そう思っていると二人がほぼ同時に自分のほうに顔を向ける。その二つの視線がたしかに自分を捉えたのを感じた。そして、ゆっくりではあったが躊躇(ためら)うようすもなく、まっすぐに歩いてくる。自分に向かって近づいてきているのは間違いない。

——ああ、もしかしたら。

そして、

――いや、きっと……。

恵子はなかば覚悟しながら立ちすくんだ。

「菅原恵子さんですね」

男が恵子の顔をまっすぐ見据えて言った。いっしょにいた女もそのすぐうしろでこちらをじっと見ている。

そのまま応えないでいると、警察の者ですが、と言いながら胸ポケットから黒い手帳を出す。金色の文字が一瞬目に入り、それが〈警視庁〉と見えたような気がした。

――やっぱり。

何か重いもので頭を叩かれたかのようだった。それでも、いつかこんなときが来ると心のどこかで覚悟していた。心臓の鼓動が耳の中で聞こえてくる。

――落ち着かなければ。しくじらないように……でないと、あの人に迷惑がかかる。たとえ名前でもかんたんに認めてはいけない。

「申し訳ありませんが、署までご同行いただけませんか？」

想定どおりの言葉だった。心臓の鼓動が耳の奥に聞こえてくる。だが、口先だけは落ち着いているかに見せかけて応じた。

「逮捕状は？　あるんですか？」

言いながら自分の膝が震えているのがわかった。

男の顔がゆるむ。唇の横で小さく笑ったようにも見えた。

「いいえ、今は……。あくまで任意での同行をお願いしております」

目だけをわずかに伏せる。

「でしたら、私が行く理由はありません。同行は拒否します」

毅然と言ったものの、膝はさらに大きく震えた。

男が鼻で小さく笑ったかに見えた。

「逮捕状は、今ここにはありませんが、準備しております。じっさい逮捕ということになりますとね、じつに物々しいもんでね。あなたに手錠を掛けさせていただかなければなりません」

それがどんな場所になるかわからない。大学で、かもしれないし、どこか公衆の面前になるかもしれない。できればそんなことは避けたい、というようなことをさらりと言った。

どうやら任意同行で事情聴取し、その最中に逮捕という段取りがすでに出来上がっているようだ。

しくじってはならない。だが……。

恵子の頭に駅前の雑踏が浮かぶ。二人連れの男が近寄ってきて声を掛けられる。逮捕という言葉が聞こえ、手錠を掛けられる。その瞬間群集の目がいっせいに……。

ここはおとなしくしたほうが、と恵子は観念してしまった。

パトカーではなくふつうの乗用車が待機していた。後席の真ん中に座らせられ両脇にさっきの刑事二人が座って警察署まで連れてこられ、狭く殺風景な部屋に入った。真ん中にぽつんと机があり、それを挟んで簡素な椅子が向き合っている。

「もういちどお聞きします。あなたのお名前は菅原恵子さんですね」

「黙秘します」

大島がいつも言っていたとおりに応えた。こういう状況になったら徹底的に黙秘するのだ、と。だが、これで本当にいいのだろうか、と少し不安になる。名前くらい応えてもよいのではないか。自分は一般学生を装っているのだから、そのほうが自然ではないか。と、ふとそんな気持にもなる。

「困ったお嬢さんですね。黙秘というのはご自分に都合の悪いことは言わなくてもよい、という権利でしてね。何も都合悪くなければ話してもいいんですよ。今は任意聴取なんだし」

机を挟んで恵子の前にいるのは、自分をここへ連れてきた刑事で、ななめうしろに控えている婦人警察官も同じだ。今あらためて見ると婦警のほうは少し若く二十代の後半か三十代といったところか。

「M大学へ行かれてるんですよね？　サークル活動とか、されてるんですか」

雑談風に話しかけてくる。話しかけられてもそれに応えない。だが、頭の中ではいちいち応じていた。

——そうよ。でも言わないわ。

——ええ、そのとおりよ。でも応えない。

それを何度も繰り返していると、つい返事をしてしまいそうになる。その手に乗ってはいけない、と、思いながらも、首を小さく横にふってしまいそうになる。応えない、反応しない。表情を固めたままにしておくことがこれほど疲れるものとは思っていなかった。

——いったいどれくらい拘束されるのだろう。いや、逮捕状を用意していると言っていた。逮捕となれば……。

大学へ入ってからは、一日、二日家に帰らないことはよくあった。だが長引けば親も心配するだろう。

——いったい大島は今どうしているのだろう。すでに逮捕されているのかもしれない。この刑事はそのあたりのことを知っているのだろう。つい聞いてみたくなる。だが……。

——もしかしたら大島は警察の手を逃れようと雲隠れしたのだろうか。だから下宿にももどらなかった……。

刑事の雑談風聞きとりを無視しながらさまざまな思いが過る。

——親がこれを知ったらどう思うだろう。

親不孝な娘であると、とっくに諦めてもらっている。それでもいざ娘が警察に逮捕されたと

わからなかったからだ。だが59番は恵子たちにはまったく関心がないような顔で壁を見つめたままだった。

「私、ベトナムから来ました（アイケイムフロムヴェトナム）」

急に英語になった。ベトナム人ならばアメリカの支配下にあったので英語が話せるのもうなずける。

「ベトナム？」

そう聞いて瞬間的に思ったのはベトナム戦争のことだった。さぞ大変だったろう、という話から始まり、なぜ日本にいるのか、と聞けば、今はベトナム人だが先祖は中国人だという。どうやら華僑系らしい。サイゴンで米軍を相手に商売をしていたが、ベトナムがああいう状態になったので北の支配を嫌って出国したという。

「小さな船に乗って来た。漁船だったね、あれは」

どうやらいわゆるボートピープルのようだ。途中、海賊にも襲われて大変な目にあったようだが、そのあたりになると口を濁していた。言うに言えないこともあったのだろう。

「蛇頭（スネイクヘッド）に高い金を払ったのに」

恨みがましい目をする。

「スネイクヘッド？」

恵子はそれが何だか知らなかった。

「チャイニーズマフィアよ。知らない？」

マフィアという語感からして闇組織のようだが首をかしげていると65番はいろいろ教えてくれた。

蛇頭は、主に中国福建省を拠点とする密入国を斡旋するブローカー組織だという。聞いているとどうやら日本のヤクザのようなものらしい。

「日本のマフィアにもずいぶん金払ったね」

日本へ密入国したあとは、暴力団の絡んだ筋で水商売をしていたという。

「横須賀の親分（ボス）にも世話になったけど。今思えばずいぶんピンハネされたね」

ピンハネというところだけ日本語で詰るように言って目をむく。

蛇頭という組織が貧疎な船を斡旋し、国外脱出を手助けして法外な金を撒きあげ、日本に密入国したあとは日本の闇組織が彼らを働かせて搾取する。蛇頭と日本の闇組織である暴力団はグルになっていて、その犠牲になったのが65番だった。

「横須賀にいたの？」

「基地（ベース）の米兵あいての商売さ」

横須賀は米兵あいての酒場や風俗業が盛んで、そういう街に暴力団がはびこっていることは恵子も聞いていた。

65番は、米軍を通じてアメリカに行こうともしたがだめだったらしい。こんなことならサイゴンにいたとき何としても米兵と結婚しておくのだった、と心底悔しそうな顔をする。顔だけ見れば恵子と同じくらいの歳かと思っていたが、どうやら三十歳は超えているようだ。ベトナム人は若く見られるので得だと言って笑った。

「アメリカのヘリコプターでサイゴンを脱出する新聞記事を見た」と言えば、「あれは政府の役人やアメリカとうまくやってた連中さ」と吐きすてるように言った。

このままではベトナムに強制送還させられる。日本は冷たい。

「あなた、アメリカか他のどこかの国へ行くルート知らない？」

とせがまれたが恵子は応えることができなかった。

以前、べ平会が脱走米兵を支援する活動をしていたが、アメリカへ入国させるのはその逆であるし、べ平会の立場からして難しいだろう。恵子は首を横にふるしかなかった。

留置場の消灯時間は早く、九時には毛布にくるまらなければならなかった。消灯とはいっても小さな明かりがついたままで、なかなか寝つけない。枕がないのも落ち着かない。目を瞑っていても頭の中は冴え、さまざまな想いが脳裏を過ってゆく。

ベトナムの平和、反戦を願って学生運動に入っていったのに、いつのまにか革命のための武装蜂起を叫ぶ側にいる。そのために自分は武器を造る作業を手伝っている。あれほど武器というものを嫌っていたのに……。凶器準備集合罪。やっていることからすれば逮捕理由はあながち間違ってはいない。でもそれも、いつか世界平和を実現させるため。それを勝ち取るためには闘わなければならない、と自分自身に言い聞かせてきた。だが、何かおかしくはないか。不安に似た何かが胸の中で渦巻きはじめる。自分は間違っていたのだろうか。どこでこんなふうになってしまったのだろう。

ベトナムが解放されたのは喜ぶべきことだ。社会主義のベトナム民主共和国が一方的に南に攻め込んだのではない。南ベトナム人民が自ら解放戦線を組織してアメリカ帝国主義に立ち向かった結果、開放勢力が勝利したのだ。じつに喜ぶべきことだろう。なのに、65番は社会主義を嫌って逃げてきた。米帝に与した人間だからだろう。だが、サイゴンが陥落する日、逃げようとしたのは思いのほか大群集だった。65番が言ったように政府の高官やアメリカとうまくやっていた連中はヘリコプターで逃げ出し、米軍の戦艦でアメリカへ亡命した。ところがそうでない人間たちまでもが必死に国外逃亡しようとしている。だからボートピープルがあとを絶たない。いったいどうして？　なぜなの？

頭の中が錯乱し、ますます目が冴える。

ああ、もういやだ。疲れた。何もかも捨てて私も逃げ出したい。

ふと明るい光が頭の中に射しこむ。青空の下、競技場の大観衆の見守る中、若者たちが行進してくる。行進曲（マーチ）が聞こえる。誰もが胸をはり、希望に満ちあふれている。赤いブレザーに白のスラックスやスカート。メーンスタンドまで来たときいっせいに帽子をとって空に掲げる。

割れるような拍手に包まれる。彼らは多くの人々に祝福されている。あの若者たちの輝くような青春。なんと羨ましい。

——それにくらべ、私は、いったい何をしているの。

暗い留置場の中で薄い毛布にくるまりながら思った。そのとたん、涙があふれてきた。

大きな衝撃音とともに、コンクリートの建物が崩れてゆく。針金のように曲がった鉄筋がむき出しになる。映画『東京オリンピック』の冒頭シーンが浮かぶ。破壊してこそ新たなものが生まれる。あれもひとつの革命……だが……。

干上がった磯にコンクリートが流し込まれる。あの青く輝いていた海原。子供のころから親しんだ海が、東浦の磯がコンクリートで埋められてゆく。それを見ていてどうしようもなく涙があふれたあの日。あの日のことは絶対に忘れない。誰に知れることもないけれど、自分にとってはベトナムであり沖縄なのだ。三里塚の農民は闘っている。なぜ自分たちの親はあのとき闘わなかったのか。

日本の夢のため……。

東浦の大人たちは国家権力にそう説き伏せられてしまった。本当にそうだったの？　いや、抵抗した人はいた。そうだ、あの人たちは……。

台風が接近した日の学校帰り。弁天橋のうえは暴風雨と波しぶきが吹き荒れていた。まだ小学生だった恵子は吹き飛ばされそうになった。あのとき、大きな手に握られた。力強く、温かかった。体の大きなお兄さんだった。波しぶきと涙で目が濡れて、顔はよく見えなかった。あの人、そう、あの人の家族は……、あの人たちだけは……。

雨と風の吹き荒れる橋で、大きな手にひかれながら島に向かって歩いてゆく。そのときの光景がまぶたに浮かぶ。その想い出に抱かれながら、恵子はようやく眠りに落ちていった。

逮捕されて二日目、恵子は東京地方検察局へ送られた。手錠に腰縄、それも数人が連なってまるで子供の電車ごっこのようだ。この姿は人には見られたくない、と思った。

「これ、何だか知ってるよね」

銀縁メガネをかけた検事が机に置いたものを指さす。金属製のコインのような形でとくべつ物騒なものには見えない。

恵子はそっと机の上に目をやり、すぐに横を向いた。

「カッターの替え刃。それも、これは鉄パイプを切る専用のものですよね」

恵子よりも年上なことは間違いないが若い検事だった。メガネのレンズをとおった視線が恵子の横面(よこつら)を刺す。

「黙秘します」

だが、本当は知っていた。恵子が大船で買ってアジトにいた大島に渡したものだ。

黙秘というのはおかしなものだ、と恵子は思う。黙秘します、と言ったとたん、それが自分にとって都合の悪いことだと相手に教えているようなものではないか。こんなことを続けることに意味があるのだろうか、と恵子は思う。

「あなたがこれを買うところ、見た人がいるんだよね」

――え？　誰が……

つい言葉が出そうになってはっとし、喉に蓋をする。

――誘導尋問の罠かもしれない。

――それとも、もうあのころから尾行されていたのだろうか。

黙秘します、と言いながら、胸の中はあれこれと揺れていた。

「困りましたね。容疑がある以上、お家（うち）に帰ってもらえないんですよね」

検事は溜息をつきながら十日間の勾留請求をすると言った。

恵子は裁判所へ連れていかれ、裁判官の形式的な質問を受けて拘留が決まった。

毎日、留置場で手錠をかけられ、腰縄をつけられて電車ごっこのように連なって検察へ護送される。まだ何日もたっていないというのに窓から見える街の景色は日に日に遠い世界に思えてくる。ついこのまえまで生活していた街のはずなのに、それとは似て非なるパラレルワールドのようだ。窓に金網がはってあるせいかもしれない。護送車に気づいて興味深げにこちらを見る人がいる。向こうから車内は見えないと思いながら、恵子は窓から顔をそむけた。

検事に何度も同じ質問を繰り返しされ、いちいち黙秘する。黙秘するのはじつに疲れる。本当は知っているのだから。

何か人に聞かれて、知っていることであれば応えるのが人間のふつうの反応だ。つい応えようとして喉から出かかったところを押しとどめるのは気力がいる。しまいにはその気力を支える体力が消耗してくる。

検事が何か言う。

黙秘する。

また検事が問いかける。

黙秘する。

「あなたは女性ですよね？」

「黙秘します」

「そんなことまで黙秘しなくてもいいんじゃないの？」

はっと我にかえる。いったい自分はここで何をしているのだろう。お風呂に入りたい。せわしない行水のような入浴は三日前だったか。その前の日だったか……。

「よくがんばるね、君。仲間のため？　それとも誰か……」

「違います！」

——あっ、応えてしまった。

そう、あの人のためだ。なのに違うと言ってしまった。これは虚偽ということになってしまうのだろうか？　ああ、わからない。

「もういいじゃないか。もうじゅうぶん頑張ったよ、君は」

検事が一息いれるかのようにメガネをはずした。銀縁のそれをハンカチで拭きながら小さなため息をつく。顔を見ると、狼のように険しい、と感じていた目が思いのほかつぶらで小さく、滑稽なほどしょぼくれていた。まるで近所のお兄さんのようで優しそうに見えた。急に泣いてみたくなった。泣いて嗚咽をもらせば、締めつけていた心が楽になるような気がした。

「もういいんだ。もうじゅうぶん義理は果たしたんじゃない？」

検事がメガネのない生の目でじっと恵子を見つめる。

――義理？

義理って何よ？　自分は同志への義理で今ここにいるの？

違う。違う。絶対に違う。これは罠だ。自分に白状させようとする検察のテクニックなのだ。

ああ、もう少しで罠にひっかかるところだった。そう自分に言い聞かせると、息を大きく吸って背筋を伸ばす。

――しっかりしなくちゃ。

自身を叱咤した。

トイレの水を流す音がした。

留置場の細長い部屋の奥にトイレがある。扉はついているものの大きなガラス窓から中はまる見えだ。65番が出てくる。彼女は今日、検察からもどってくるなり泣いた。検察官は日本語で聞いてくる。通訳はいるが自分の応えをきちんと訳してくれていないのではないか。自分の言いたいことがまったく伝わっていない、と怒鳴ってドアを叩く。すると担当官がやってきて覗き窓から叱りつけた。

消灯後なのにうす明るく照らされた天井を恵子は見つめる。

いったい、なぜ私はここにいるの？　このまま黙秘を続けてここにいる意味があるのだろうか。今日、検事は小声で恵子を告訴するのが目的ではない、と言った。検察は情報が欲しいのだ。M大のアジトで大島たち軍事部門が鉄パイプによる凶器を製造している、ということを立証するための情報。

自分が鉄パイプカッターの替え刃を持っていったことを認めれば、大島たち軍事部門の凶器準備集合罪を立証する材料になるのだろう。ということは、恵子がそれを認めれば仲間を、大島を売ることになる。それは絶対にできない。

だが、といっぽうで恵子は思う。自分たちは闘っているのだ。革命を成就するために武装化は避けて通れない道。であれば隠さずにどうどうとやって闘いを貫徹すればよいではないか……。

——理屈にすらなっていない。

楽になりたい。吐いてしまいたい。その吐いてしまうことへの言い訳を自身ででっち上げているにすぎなかった。だが、そもそも武装化することが本当に必要なのだろうか。自分はベトナム戦争に反対し、平和を望んでいたのではないのか。人を傷つける、殺す武器というものを憎んでいたのではないか？　それがいつから武器をとって闘うことなど考え始めたのだろう。わからない。わからなくなってしまった。何のために。何をしようとして。そして自分はどこへ行こうとしているのか……。

翌日。

恵子は黙秘することをやめた。黙秘する意味を見いだせなくなったから……。

「あなたは大船でこのカッターを買ったんですよね」

「はい。買いました」

塞いでいた蓋をとった。つまっていたものがどっと出てゆく。楽になった。

——嘘をつかないことのどこがいけないの。

検事が調書に書きこむ。

自分から話すことはない。ただ、あなたは○○しましたよね、という質問に首を縦にふったり横にふったり「はい」と応えたり「違います」と言ったり。そんなやり取りが延々と続いた。

「じゃあ、こういうことかな」

検事が片手でメガネを押し上げ、もう片方の手で机の調書を拾い上げた。

「○月×日午前十一時、私は大船の新井金物店で鉄パイプカッターの替え刃二個を買い……」

――私は、なんて言ってないわ。

まるで、とうとうと独白したかのような文章に違和感を覚えた。自分はただ聞かれたことに嘘のないよう肯定したり否定しただけだ。聞かれたからこう応えた。そんな調書にして欲しかった。だが、それを書き直せと言ったら検事は何と言うだろう。正直、もう疲れた。どうにでもなれ、という気持があった。それでも……。

「鉄パイプ爆弾製造のため、なんて言ってません」

持ち運ぶには目立つ長い鉄パイプを短く切っておき、使う時に継げるよう細工する、と大島からは聞いていた。爆弾なんて……。

恵子の指摘を聞いて検事が調書に何やら書きこんでいる。

「どう、これでいいかな？」と文章を見せられる。

〈鉄パイプ爆弾〉のところには棒線が引かれ、恵子の言った通りに訂正追記されている。

違っているところを指摘する。検事が訂正する。それを何度も繰り返した。いいかげんにしろ、と検事が言いだすかと思った。だが言わなかった。

すべてを放り投げたいような気持になった。考えようとしても頭の体力が消耗していた。頭の中が空洞になっている。顔にも、体にもべっとりと脂の膜が貼りついているような気がする。はやく帰って風呂に入りたい。そして枕のある布団でひとりになって眠りたい、と思った。

——もう、どうでもいい。

「君は、それが何に使われるか。そこで何を作っているのか知らなかった。そういうことだね？」

——いいえ、知っていたわ。いや違う。大島がそう言っていたのを聞いただけ。

長い鉄パイプを短く切って、使う時に継げるのだ、と。

鉄パイプ爆弾まで造っていたかどうかまでは知らない。それは本当だ。あの奥の部屋に、恵子は入れてもらったことがなかったのだから……。

違っている、と指摘しようのなくなった調書。検事が何かを確認するように恵子の顔を見る。

頭がまっ白になりながら小さくうなずいたような気がする。検事が何やら書きこむのをぼうっと見ていた。

〈〇字削除　〇字挿入〉と書かれている。

検事に促されて朱肉に親指をあてる。指が朱色に染まる。調書に押し当てる。白い紙についた鮮やかな朱色の痕が目につき刺さった。とたんに涙があふれた。挫折の悔し涙なのか、裏切りへの自責なのか。わからない。ただ同時に、胸の中に溜まっていた熱いものが出てゆき、体が軽くなってゆく。そしてやがて皮膚一枚を残し、体の中が空っぽになった。

＊

恵子は起訴猶予処分となって釈放された。

検察としては起訴しうるだけの証拠はあるものの、犯行の主要な部分への関与が少ないことを考慮して今回は大目に見る、ということだろう。そして、より重大な犯行を立証する有力な情報を提供した、という取引への見返りも含まれているだろうことは恵子にも痛いほどわかっていた。

やはり大島はすでに逮捕されていた。おそらく今後、恵子の口から洩れた情報が訴訟に影響をおよぼすことになるのだろう。

——会っておこう。

と、恵子は思った。会ってどうする？　情報を洩らしたことを謝る？　謝ってどうする？　大島のほうだって謝られたからといって許せるものではない。自分がその立場になれば絶対に許さない。それでも……

——やはり、会いに行こう。

大島は警察署管轄の留置場ではなく検察が管轄する拘置所に移されていた。すでに告訴が決まっているのだ。

事件に関係した自分が面会できるものかどうかわからない。それでも恵子は小菅にある東京拘置所を訪ねた。

受付で申請書を書き、待たされる。接見室の数が限られているので面会できたとしても順番待ちでいつになるかわからない。拘留者一人につき接見を許されるのは一日一回だけなので、もし先に誰かが接見していたら二人目は認められないと言われた。恵子は午前に申請したのに呼ばれたのは午後の三時をまわっていた。


「よう、しばらく」

金網の向こう側に大島の姿が現れ、恵子の顔を見るなり声をかけてきた。思ったより明るい声だった。どうやって切りだそうかずっと考えてきた恵子には、それだけで気持が軽くなった。

「元気そうね」

最後に会ってからひと月以上たっている。声は元気そうだが顎と頬にまばらな髭が見え、少しやつれて見えた。

「ああ、君は?」

大島は言いながら、部屋のすみにいる立会の職員をちらりと見た。

見張りがいるから余計なことは言うなよ、と目が言っているようだった。

自分も逮捕され、そして最後にはセクトや大島にとって不利になることを白状してしまった。それを謝りたくてやってきたのだが、うまく伝えるのは難しそうだ。言いあぐねていると、

「ああ、そういえば君に言っておかなくちゃいけないことがあるんだ」

大島が声を小さくしても聞き洩らしてはいけないと思い、恵子は金網に顔を寄せた。

「ぼくもしばらく出られそうにないんで、あの下宿なんだけど、出ようと思うんだ」

出る、とはいってても体のほうはすでに拘置所に入ってしまったが、と笑い、生活道具のいっさいを引き払わなければならない、と言う。

「がさ入れはもう終わってるからさ」

下宿に家宅捜索が入ったことは恵子も知っていた。

「ぼくのものは小田に頼もうと思うんだ。それで、君のものがあるだろ。それ、引き払ってくれないかな?」

小田とはこれも偽名だがセクトで会計を担当している男だ。

「私のものなんて、そんなにないけど……」

立会職員のほうを気にしながら小声で応える。わずかな衣類と洗面道具くらいだ。知られてもどうということはないものの、同棲でもしているようなやり取りに、忘れていた羞恥心が顔を出す。

「まあ、そうだと思うけどさ。小田のやつが困るようなものは残しておかないでもらおうと思っ

てね」

たしかにそうだ。だが言い方がどこかよそよそしく、別れの匂いが漂っていた。

「わかりました。そうね、これからはちゃんと家から通わないと」

以前から自宅通いだった。だけど、ときどき……いや、もう少し多かったかもしれないけれど、あの下宿に泊ることはよくあった。

もうあの部屋へ行くことはないのだ、と思ったとたん、何かがこみあげてきた。

「そうさ。君はもうぼくらと関わらないほうがいい」

横目でちらりと立会職員を見、小声で言った。

「まあ、もともと、それほど関わってないけどね。シンパだからさ、君は」

急に大きな声になる。今度はまるで立会職員に聞かせようとしているかのようだ。

「いっしょに本気でやってた連中はみんなとっ捕まっちまったしな」

恵子を見ながら、声のほうは立会職員に向けている。

――本気でやっていた連中？

私が本気ではなかった、とでも……。

「私だって……」と唇がふるえる。

みんなはベトナムや沖縄と、自身ではないもののために闘っていた。学生であって労働者でもない。本当の被抑圧階級でもないのに、そんなふりをして……。でも私は違う。国家権力に故郷を奪われた当事者として……それは誰にも言わなかったけれど、心の片すみにその気持を置いて、これまで……。

けれど大島はそれを知らない。だから、本気でやっていなかったと、そんなふうに思っていたというのだろうか。

——ああ違う。そんなことより、今日はただ謝りたくて来たのだ。なのに……。

「大島さん、私」

「ああ、言わなくていい。ぼくらの会話は全部記録されてるからね」

こんどは立会職員をしっかりにらむようにふり返ってから言った。

「何にも知らない君はよけいなことを言うんじゃないよ。ただのシンパなんだから君は。大事な仕事はよう子……じゃなくて与那嶺がみんなやってくれていた。今、あいつも捕まってるけどね」

恵子の目を見据えて毅然とした顔になる。

——よう子。あのよう子もやはり捕まっていたのだ。

あの刺すように鋭い目をしていながら切れ長で大きな瞳の女。大事な仕事、つまり凶器準備に関わるような危険なことは彼女がいっしょにやっていた。恵子はただの雑用係。雑用係はよけいな口を出すな。そう言われているようだった。

——私だって闘ったわ。権力と……でも挫折した。いや日和（ひよ）った。いいや、裏切った……。

そうだ私はこの人を裏切ったのだ。それだけはたしかだ。何も言う資格はない。

最初からそのつもりでここへ来たが、ようやく気持に区切りがついた、と恵子は思った。面会を終えたとき、大島のほうが先に立ち、背中を向けた。その背中が、もう来るなよ、と言っているようだった。目の前に在りながら、在ることを忘れていた金網がふたたび目に映る。向こう側とこちら側を隔てているたしかな壁の存在を感じた。

大島に見捨てられたような気もするし、大島が恵子に自ら気持の区切りをつけさせてくれたような気もした。

*

恵子はアジトへ行くこともなくなり、学業と就職活動に専念した。運動から離れていった者は日和見主義者と軽蔑された。恵子もかつての仲間からそんな目で見られもした。情けなく、惨めだったが、その一方で、ふつうの学生がしていることをやって何が悪いの、と居直るような気持もあった。駅のホームでは絶対前に立たず、背中にうごめく人の気配に注意をはらった。それだけは大島に言われたことを守り続けている。

就職活動に入ってからは、運よく最終面接まで行った会社もあったが、どういうわけか採用されなかった。起訴猶予処分だったとはいえ逮捕経験が影響しているのだろうか。たとえ前科という烙印はついていなくても、そういうことは知れてしまうものなのかもしれない。

卒業を前にした大学構内でヘルメットをかぶった学生がビラを配っている。恵子が前を通ろうとすると一枚のビラを突き出す。恵子はそれを受け取ることなく通りすぎる。肩がふれあうほど学生のたむろする大学の構内で、恵子は今、自分はたったひとりだと思った。と、そのとき目の前に光輝く海と亀の子のような島が浮かびあがった。

——そうだ。あそこへ帰ろう。あそこが私の帰るところ……。

雑踏の中で、ひとりそう思った。

「おはようさん。恵子さん、薪持ってきてくれるかね」

網元の奥さんは恵子より少し歳上だ。立場上は小屋を経営している飯浜水産の社長夫人ということになるが、誰もそんな呼び方はしない。みな昔から網元の奥さんと呼んでいる。社長である旦那と長男が飯浜丸でシラスやワカメ漁をしている漁師一家だ。

「ああすいません。あたし取ってきますから」

髪を金髪にした若い娘が恵子のすぐあとから小走りでやってくるなり言った。娘とはいっても美枝ちゃんはもう結婚していて旦那は大輔と小学校、中学校の同級生だ。暴走族仲間に入っていたこともあって少々やんちゃなところもあったが今はシラス漁の船に乗り、美枝ちゃんと結婚してからはまじめに働いているという。

恵子は美枝ちゃんと二人で倉庫に薪を取りに行った。薪とは言っても角材やベニヤの切れ端などの廃材をため込んでおいて燃料にする。冬になるとそれを燃やして大釜で湯を沸かしワカメを茹でるのだ。

「ねえ、恵子さん。大輔先輩って誰かつきあってる人とかいるんですか」

廃材をリヤカーに積みながらさらりと言う。

「どうだかね。たぶんいないんじゃないかしら。何で？」

「いえ、うちの旦那がどうしてるかなって言ってたんで」

どうしてるか聞きたいのはこっちのほうだ、と恵子は思う。聞けば、ぶすっとした顔で、いねえよ、と言うだけで本当のところはよくわからない。

「誰かいい人いたら紹介してやってよ」

「えっ、そうなんですか？　それならそれで考えとかなくっちゃ」

冗談とも本気ともとれる笑顔で言い、リヤカーを曳き始めた。


湯が沸騰すると、黒くぬめりとした生ワカメを釜に入れる。するとみるみる鮮やかな緑色に変わる。それを太鼓のバチのような棒を箸にしてすくいあげる。

「メカブ、少しいただいてきますね」

美枝ちゃんがワカメの根っこの部分を切り落とす。ひだひだになったそれを湯がいて刻み、醤油やポン酢で食べる。納豆のように糸をひくぬめりがあり独特のうま味があるが、保存が利かないのであまり売り物にすることはない。ほとんどが漁師の家で食卓に出されるか近所の居酒屋でつまみになるだけだ。

「うちもいただいていくわ」

恵子も切り落としたそれをビニール袋に入れた。

茹であがったワカメはまるで洗濯物を干すように綱を張りめぐらせ洗濯バサミで留める。茹でワカメは最初濡れた緑色のスカーフのようだが、やがて黒く干からび細く小さくなってしまう。まるで黒い紐が物干し綱にずらりと並んで垂れているように見えるのが冬から春先の小動の風景だ。

「そういえば昨日、警官がうちに来たのよ」

網元の奥さんがワカメを干しながら言った。

恵子はどきりとした。いまだに警官とか刑事という言葉を聞くと一瞬動揺する。

「ああ、なんか不法入国の取り締まりらしいですね」

美枝ちゃんが絡まったワカメをほぐしながらつぶやく。

「昔はボートピープルってのがこの辺りにも来たことがあったからね」

「ボートピープルって、あの漁船とかに乗って中国とか東南アジアのほうから来る人たちですよね」

美枝ちゃんは若いこともあってあまりよく知らないらしい。

恵子はふと、昔留置場で会ったベトナム人の女性を想い浮かべた。

「最近、またそういう人たちがいるらしいのよ」

奥さんは警官から聞いた話を始めた。

「それに、あの拉致問題もあるだろ」

「拉致って、あの北朝鮮に連れていかれちゃった人のことですよね。あれって日本海のほうの話でしょう。ここら辺りじゃあんまし関係ないんじゃないですか」

「それがそうでもないらしいんだよ」

話好きな網元の奥さんは、ワカメはそっちのけでお喋りを始めた。

神奈川県でも昭和三十年代に立て続けに事件があったというのだ。逗子や鎌倉の海岸で三ヶ月の間に三人が次々と失踪したらしい。一人は就職が決まったばかりの男性で、鎌倉の社員寮に入り、その翌日の夕刻に同僚二人と材木座海岸へ散歩に出かけ、男性一人が離れて行った。だがその後、寮にももどらず、そのまま行方がわからなくなったという。姿を消した人たちはみな、身の回りのものや所持金をそれまでのまま残していたらしい。

「でも、江ノ島の狂言騒動っていうのもありましたよね」

恵子の言った狂言騒動とは十年ほど前にあった事件で、江ノ島の外海に面した岩壁から潜水服姿の男たちが数人、外国語を話しながら這い上がってきたという通報があり、海上保安庁が近くを航行していた北朝鮮船籍の貨物船を発見。立ち入り検査を申し入れたが拒否され、千葉港に入港したあとで立ち入り調査となった。しかしその後、神奈川県警の捜査で通報者の狂言とわかり、男は軽犯罪法違反で捕まったというものだ。

「そういえば江ノ島に海上保安庁の立て札ありますよね。たしか密航だとか密輸がどうのこうの、いうやつ」

美枝ちゃんの言うのは〈密航・密輸・不審船　海の「もしも」は１１８番〉という海上保安庁の標語のような立て看板で江ノ島の外海側の磯に立っている。１１８番が警察の１１０番に相当する海上保安庁の緊急電話番号だということは漁師ならばみな知っている。

「ああいうのがあるってことは、やっぱりこの辺も安心できない、ってことですかね」

美枝ちゃんもすっかり手が止まってしまった。

たしかに江ノ島は休日になると観光客でにぎわっているが、平日に外海側へ行く人はあまりいない。もし外国からの密航者が小さな船で上陸したとしてもわからないかもしれない。江ノ島には税関も入国管理事務所もない。しかも島は橋でつながっていて、上陸に成功すれば、あとは堂々と橋を渡って本土へ入れるのだ。

「そういえば最近、海保の巡視船が江ノ島の沖によく泊まってますよね」

美枝ちゃんの言うとおり、白い船体に青い三本線の入った大きな船がよく停泊している。

「あのボートピープルの人たちは蛇頭ってのに連れてこられるらしいね」

「え、ジャトウ？　それって何ですか」

美枝ちゃんがぬらりとしたワカメを手に垂らしたまま聞く。

「蛇の頭って書いてジャトウって読むのさ」

奥さんが美枝ちゃんにこと細かく教え始めた。

――蛇の頭？

胸の中で言葉をなぞる。

――あのスネイクヘッドのことか。

奥さんの話をうわの空で聞きながら、あのベトナム人女性の言ったことを思い出していた。

―蛇頭（スネイクヘッド）に高い金を払ったのに―

―チャイニーズマフィアよ。知らない？―

日本へ密入国したあとは、暴力団の絡んだ店で水商売をしていた、と言っていた。

―横須賀の親分（ボス）にも世話になったけど、今思えばずいぶんピンハネされたよ―

あの留置場での会話が恵子の脳裏によみがえる。

「その蛇頭がさ、日本人の漁師と手を組んで外国人を密入国させることがあるんだってさ」

周囲に誰もいないのに、奥さんは手を口にあてて声を潜める。ボートピープルたちは沖で蛇頭の息のかかった漁師の船に乗り換え、密かに上陸しているというのだ。

「ええ？　ここら辺の漁師も疑われてるんですか？」

美枝ちゃんが素っ頓狂な声をあげる。

たしかに沖で密航者を拾い、釣竿やクーラーバッグを持たせて船から降ろせば、まるで船釣り客が帰ってきたかのようだ。あっても不思議はない話だ。

聞いていて恵子は古傷の疼くような不安をおぼえた。それは以前からずっと心のかたすみにあって、あの源蔵の〈ねんきん特別便〉を見たときにいっそう強くなった。

源蔵には九年間の年金未納期間がある。その間はいったいどんな仕事をしていたのかわからない。いや、仕事に就いていなかったかもしれない。だが仕事に就かずに生活できるものだろうか。知りたいと思いながらも、お互い自ら口にしないことは詮索しない、という暗黙の約束がある。なのに恵子にはずっと胸に引っ掛かっていることがあった。かつて留置場に入っていたとき、あのベトナム人女性から聞いた波乱の時代と源蔵の年金未納期間が相前後していることだ。もちろん二人に直接の接点があったと思っているわけではない。しかしボートピープル、密入国といった闇の世界に源蔵がある時期関わっていたのではないか。そのために刑務所に入るようなことがあったかもしれない。そんな想像をすればするほど疑念の塊が膨れていった。だから、源蔵の戸籍や住民票を目にする機会があったとき、何かその痕跡があるのではないかという目で見てしまうことがあった。たとえ何かあったとしても源蔵への気持が変わることはない、と自分に言い聞かせながら……。しかし疑わしい痕跡は見当たらなかった。それに安心したわけでもなく、源蔵の過去を詮索しようとしている自分があさましく思えた。自分にだって過去はある。たまたま起訴猶予になっただけではないか、と。

あとでわかったことだが、たとえ刑務所へ入るような前科があったとしても戸籍や住民票にそれが載ることはないらしい。それを知ったときも、どこかで源蔵の過去を詮索しようとしていた自分が情けなく、恥ずかしかった。

——過去のことはどうでもよい。今、危ないことに関わっていなければ……。

それが不安だった。

＊

月曜日の朝、大輔が遅い時間に起きてきた。土日に販売店の新車発表展示会があって月曜が振り替えの休みになっていた。

「夕べひさびさに浩一にあったよ」

浩一は美枝ちゃんの旦那だ。

「へえ、どこで」

恵子は台所で食器を洗う手を休めずに聞いた。

「浜ゆうで洋介と飲んでたら、あいつも来てさ」

〈浜ゆう〉は電車通りから浜へ行く狭い路地にある居酒屋だ。年寄りの主人と若い息子の二人でやっている。四人も座ればいっぱいになってしまうカウンターと小さなテーブルが二つ。下は土間だ。

パイプ椅子のカウンターで大輔は洋介と肩を寄せ合うようにして飲んでいたという。

「俺には高い買い物だよ、大ちゃん」

中学の同級生だった洋介が新車を買ってくれたのだ。あまり酒に強くない洋介は真っ赤な顔をして大輔の注いだビールを飲んだ。つぶらな目で温和な顔にふにゃっとした笑みを浮かべる。

同級生には違いないのだが、小学校、中学時代は、どちらかというと大輔にとって弟分のような存在で、いつもあとをついてくるような少年だった。

「いやあ、ほんと助かったよ。洋介に買ってもらってよ。今日の展示会でなんとしても一台決めないといけなかったんでさ」

大輔は先月ノルマを達成できていなかった。

「まあ、今乗ってる軽トラじゃデートもできねえからな」と言ってエへっと笑う。

「えっ、おまえ彼女いるのかよ?」

大輔は内心少々焦って聞いたらしい。

「いや、まあ出来たとしての話さ」

二人で大笑いしたという。

洋介は勉強もスポーツもあまり得意ではなかった。高校も近くの県立には入れず、電車で一時間以上かかる遠くの高校に通うことになったが一年もしないうちに中途退学した。家は漁師だが、大きな漁船でシラスを獲るような漁ではなく、小舟で出てゆき、海岸沿いでサザエやワカメを獲る漁をしている。洋介もそれを継ぐようになったが、そんな地味な漁師生活が洋介には合っている、と大輔も思っていた。

「よお、どうしてたんだよおまえ」

背中から太い声がした。大輔がふり返ると金髪の大男が立っていた。浩一だ。

三人並んで酒盛りになったという。中学のころ、浩一はワルだったので気の弱い洋介は彼を怖がって避けていたふしがある。だが、浩一が暴走族をやめて漁船に乗るようになったころ、洋介はもう一人前の漁師になっていたので、それからは浩一も洋介にいち目置くようになったらしい。

「ところでよ。このまえ、おまえの親父、藤沢で見かけたよ」

浩一がレバーを咥え、頭を横に振るようにして串から抜く。大輔と洋介は焼きハマグリやア

ジのタタキをつまみにしていたが浩一はもつ焼きばかり食べている。漁師のくせに魚は嫌いで

肉食系だという。

「藤沢？　珍しいな、親父がそんなとこ行くなんて」

大輔は焼きハマグリの殻に残った汁を吸う。

「おおよ。それでな、そのときいっしょにいた男がどうも日本人じゃなさそうだったんだ」

駅から離れた市役所の近くにある喫茶店だったという。

「日本人じゃない？」

「顔はけっこう日本人ぽいんだけどな、話すときの身振りがな、ありゃあ違ったな。うん」

顔の色が少し浅黒く、おそらく東南アジアのどこかではないか、と浩一は言った。

「まあ、親父は英語がけっこういけるし、道でも聞かれたんとちがうかな」

「でも、道聞かれたくらいで喫茶店入るか？　いい歳した親爺が外国人の男と」とそこまで

言って「まさかおまえの親父、こっちの気あるんじゃねえか」と言いながら手の甲を頬にあてた。

「んなこたあねえと思うよ」

言ったあとになって大輔はまさか、と一瞬不安になったという。世の中にはふつうの結婚生活を送りながらも、秘めた部分を抱えている人間は思いのほか多いと聞いていたから。

「歳はいくつくらいだった？」

「まあ、俺たちと同じくらいかな？　といっても、よくわかんねえな外国人だと」

そのあとは、何で大輔の父親が英語ができるのか、が話題になり、横須賀の米兵たちと夜の街で渡り合っていたという若き日の源蔵がまるでヤクザ映画の主人公のように語り合われたという。

江ノ島の暴れん坊、磯浦源蔵の名は対岸の小動にも知れ渡っていた、という話を浩一も洋介も親から聞いていたらしい。


「東南アジア？」

恵子は熱い茶の入った湯のみをテーブルに置いた。

「よくわからないんだけどね」

本人に聞いてみればよいのだが、源蔵は朝から船に乗っていた。

「で、英語で話してたの？」

「それもよくわからないんだよ。あいつは英語と中国語の区別もつかないようなやつだからさ。

顔つきとか身振りが日本人じゃなかったってだけさ」

東南アジア系の男と聞いたときから恵子の胸はざわめいた。

昔、そう、あれは大輔がまだお腹の中にいたときだった。一通の外国郵便が届いたことがあった。Vietnamという文字が目に入ったのは憶えている。だが、細かい住所や差出人の名までは覚えていない。ただ、たしかにGenzo Isouraという宛名は書かれてあった。

もちろん、その手紙が何なのか聞いてはみた、と思う。だが、源蔵の返事は曖昧模糊として要領をえないものだった。

――あのときの手紙と関係があるのかしら。

恵子は、顔の見えない東南アジア系の男の姿を想った。

「聞いてみようか?　父さんに」

大輔がなんの憂いもないような顔で言う。

「やめときなさい。なんでもないわよ」

大輔の顔を見ずに言った。

聞いてどうする。何かあっても本当のことは言わないだろう。触れてはならない深い闇が浮き彫りになるだけだ。もし自分があのころのことを問いつめられたらどうする。問われたから話すというものではない。ただ嫌な思いが残るだけだ。お互いの過去には触れない。いちどもそんな話をしたわけではないが、それが源蔵と自分の間にある暗黙の約束ごとなのだから……。

＊

「ねえ母さん、また浩一から聞いた話なんだけどさ」

いつもより早く大輔が家に帰ってくるなり言った。洋介に新車を納めに行ったので今日の仕事はもう終いだという。軽自動車ながら内装の豪華なワゴン車なので本人も嬉しかったらしく、それを自慢したくて浩一を納車につき合わせたらしい。

「このまえ、父さん、顔に怪我してただろ？」

台所で夕飯の支度をしていた恵子は大輔に背中から話しかけられて、ふと手を止めた。

その日はどこかで飲んできたようだったが、源蔵は顎の横に小さな痣を作って帰ってきた。たいしたことはない、と本人も言っていたし、痣もどこかにぶつけたていどにしか見えなかったので、気にするような大怪我ではないと恵子も思っていた。

「あれ、本当はそうとう殴られたみたいなんだ」

「相手は素人じゃないだろうって」

路地裏で三人ほどの男に囲まれてひとりの男が殴られているのを浩一が見つけたという。一人は周囲を見張るようにタバコを吸いながらただ立っているだけで、ほかの二人が男の腹を殴り、腿を蹴りあげていたという。顔に傷を残さないような手口とその慣れた殴り方からして本物のヤクザではないか、と浩一が言ったらしい。やられているのが大輔の父、源蔵とわかって浩一が止めに入り、そのとき浩一も腹に一発くらったようだが、そのパンチは小さな動作ながら深く重く腹に刺さる、まるでプロボクサーにボディーブローを打たれたようだったという。

源蔵はそれまでただやられているだけで、まったく殴り返そうとしなかったのが、浩一が殴られたとたん形相が変わり、拳を握って、おそらく初めて殴ろうという構えを見せたらしい。ところが突然口を押さえて激しく嘔吐しながら地べたにつっ伏してしまったという。

「ねえ、父さんて、昔は暴れん坊だったって聞いてるんだけど、本当はどうだったんだろ」

相手がいくらヤクザだとはいえ、あの噂の源蔵がただやられているだけ、というのは変だった、と浩一も言っていたそうだ。

――相手は本物のヤクザ？

いったい何なのかしら、と恵子は不安になる。

たしかに昔、江ノ島にいたころは島外の生徒とよく喧嘩をしていた。いつも相手をそうとう痛めつけたらしく、江ノ島の源蔵はみんなから怖がられていた。それが小動で再会してからというもの、喧嘩をしたこともなければ、夫婦喧嘩で手を出されたこともない。顔つきだけは険しいが暴れん坊のあだ名は昔のことだった。

「なんだったら警察とかに相談したほうがよくない？」

――警察？

恵子はまた小さくどきりとする。

「父さんには、それとなく聞いとくわ」

源蔵にとっても恵子自身にも警察沙汰にすることは避けたかった。とはいえ、それとなく聞くのも難しい。聞いても応えるとは思えなかった。


「ねえ、源さん」

布団に入り、まだ眠りに落ちないころ、思いきって声をかけた。

「うん？」

背中を向けたまま小さく応える。

源蔵がこちら側に寝返らなくてよかった、と恵子は思った。面と向かえば話せなくなるかもしれない。

「このまえ喧嘩して来たでしょ」

殴られたとは言わなかった。

「喧嘩？　んなもの、やっとらん」

さも眠たそうに、つぶやくような声だ。

「でも大輔のお友達が見てた、って」

詳しいことまでは知らないような口ぶりで言った。

「あの酔っ払いに絡まれたときのことか」

ようやく思い出したかのように言う。

「お願いですから、おかしな人たちとつき合うのはやめてくださいね」

言った瞬間一線を踏みこえてしまった、と思った。おかしな人間たちとつき合いがあるのではないか？　いや、かつてつき合っていたのではないか。そう言ってるのと同じだ。昔はヤクザ者の仲間に入っていたのかもしれない。不良の米兵や裏の世界に身を置いていたのかもしれない。蛇頭という連中とも係わり、ボートピープルや不法入国にも手を染めていたのかもしれない。それで刑務所へ入っていたこともあったのかもしれない。

すべて、かもしれない、でしかない。なのに、

「昔のことはどうでもいいんです。何も言いません。でも……、でも今は、もうやめて欲しいんです」

言ってしまった。昔のことはどうでもいい、と。過去には何かあったのだろうと言ったにひとしい。言葉にしたのはこのときが初めてだった。涙が出てきた。自分にも過去はある。人にどうこう言える資格はない。声はふるえてもう出ない。声を出さずに泣いた。布団をかぶってしまったので、源蔵がそのあと何かを言ったのか、言わなかったのかわからない。が、ただ、涙が布団に沁みてゆくのにまかせた。

＊

家の中で電話が鳴っている。今は自分しかいないはずだ。恵子は干しかけていた洗濯物をそのままにして居間に入った。

「はい、磯浦ですが」

受話器に向かって応える。と一瞬間があってから、

―恵子さん、ですよね―

そう言って、また間があく。聞き憶えのある声だ、と恵子は思った。そうだ、きっと……。

―大島です。大島敬一です―

やっぱり、と恵子は思う。心臓の鼓動が耳の中で鳴っている。

「大島さん？　恵子ですけど」

―ああ、良かった。このまえは違ったから……―

聞き取りにくいつぶやきの語尾が消えてゆく。

やはり、そうだったのか。無言電話は大島だったのか、と恵子は思う。

―あの、じつはご主人の源蔵さんのことなんだけど―

声のトーンが低くなったかに思えた。なぜ大島が主人の名を知っているのだろう。そして、大島が伝えてきたのは意外なことだった。

漁協の中で漁港の拡張工事に反対しているのはもう源蔵しかいない。ほかに少数の反対者がいたが、みな組合長に説得されて今は賛成に回っている。源蔵も賛成するよう恵子から説得してくれないかというのだ。

なぜ？　なぜ大島がそんな依頼をしてくるのだろう。ふと、恵子は訝しく思った。たしかに市民検討会で、大島は市民のひとりとして漁港を市民公園化して拡張整備する意見を述べていた。立場は違いながらも結果として漁協の目指す方向に沿っていた。だが、それはたんに一市民としての希望的意見にすぎなかったはずだ。なのに、なぜわざわざ電話をしてきて選挙の票集めのようなことまでするのだろうか。胸の中に疑念の暗雲が広がってゆく。

「それは磯浦の自由じゃないですか。大島さんに言われるようなことではないと思いますけど」

なぜ源蔵があんなにまで頑なに拡張整備に反対なのか恵子にもよくわからない。だが夫のことを他人……そう、大島は、今は恵子にとって他人なのだ。その他人である大島になぜそんなことを言われなければならないのか。

だが……、今は他人とはいえ、かつてはそうではなかった。自分のせいで……、自分が裏切らなければ、もしかしたら大島は……。自分が大島の人生を狂わせてしまったのかもしれない。

拘置所の接見室で網の向こうにいた若者の顔が目に浮かぶ。妙によそよそしい会話だった。だがそれは立会員の目を気にして装っていたから……。そして突き放すような態度をとったのは、あの男の優しさだった。

ふと、こんどは幼いころの記憶。暴風雨の弁天橋がよみがえる。強風に吹かれて欄干にへばりついた傘を拾い上げる学生服姿が目に浮かぶ。手をしっかり握ってくれた。

やがて受話器を持つ自分に立ちもどる。ふと源蔵の上着がハンガーに掛かっているのが目に入る。今、いっしょに暮らしている男の……。そして幼いころ温かい手で握られた感触がよみがえる。

すとんと気持が座った。そうだ、今は……。

「大島さん。すみません。大島さんにはいろいろと……でもご期待には沿えないと思うわ」

沈黙が流れる。大島は聞こえているのだろうか。心を鉄のようにして言った言葉をもういちどくりかえさねばならないのか。

—寂しいね—

受話器のむこうから、抑揚のない声がぽつりと聞こえた。

「そんなこと言われても……」

大島の意図が読みきれず不安になる。

—俺たち、昔は、同志だった。そうだよね？—

声の色が暗く変わったかに思えた。

「そんな昔のこと……」

つぶやきながら、その残像が消えていないのを感じた。

――そうか。君にとっては、もう終わったことなんだ――

深い、吐息が聞こえた。

「すみません」

何に詫びているのか自分でもよくわからない。

――そんな言い方、してほしくないな――

息づかいがし、そして、

――協力してもらえないかな――

懇願の言葉とは裏腹に恫喝の匂いがした。

そう言われても……。胸の中が揺れる。ひとつの言葉にならない。

――そうか、旦那さんや息子さんは知らないんだ、昔のこと――

吐息混じりに、小さくつぶやくような声。だが、恵子には、それがずっしりと響いた。

――漁協の名簿は持ってるんだ。住所も出てる――

住所？　何を言いたい？　この家へ来るというのか？　脅迫？

心臓の鼓動が大きく早くなる。声が出ない。

――海の近くなんだ。そうだよね、ご主人、漁師さんだもんね――

ご主人、という言い方が重く感じた。

「大島さん、何を……」

言いかけたとき、それを遮るように無機質な声が返ってくる。

―それじゃ、また―

それを最後に電話の切れる音がして機械的な断続音がむなしく響く。電話の向こうに暗闇が広がってゆく。

耳の奥で心臓の鼓動が響いている。漁協の名簿があれば、この家の場所などすぐにわかるだろう。恵子の過去を知っている男がここへ来る。来て何をするのだ？　夫や息子に……、あの昔を……。

電話の向こうから聞こえた最後の言葉が、壊れたレコードのように頭の中で、いつまでも繰り返し鳴っていた。

＊

大島から電話があって一週間ほどしたころだった。

「こちらは吉田先生の秘書をやってる稲山さんだ」

小動漁業協同組合長の添田が県会議員の秘書を連れてやってきた。誰かが訪ねて来るたびに恵子はどきりとする。まさか大島では？　だが、玄関に立っているのは、いつもと少しようすの違う組合長だった。添田はいつものねじり鉢巻きをとり、ぶ厚い生地の上着を着ている。赤銅色に日焼けした老漁師も、今日はまるでどこかの隠居老人のような風体だ。

「これはつまらねえもんだけどね」

そう言って議員秘書だという稲山は、わずかに頭を下げながら座卓に置いた菓子折りらしき包みを源蔵のほうへずらした。背広にネクタイ。髪は黒く、ぎらりとてかる整髪料でオールバックに撫でつけている。

つまらないもの、と出されたものに源蔵がちらりと目を落とす。

「わけのわからねえものは受け取れねえな」

源蔵は出されたそれからすっと顔をそらせた。

そうなれば源蔵のななめうしろに控えていた恵子としてもそれに手を出すわけにはいかない。

「まあ、初めての家に手ぶらで来るわけにもいかんでな」

稲山は小さく溜息をつくと源蔵の顔をまっすぐ見た。その目は感情の消えた野犬のような目をしている、と恵子は思った。

「今日来たのは、例の漁港の工事のことだ」

添田が菓子折りから話を切りかえるように口をはさむ。と、今度は稲山がそれを受けて口をひらいた。

「あの工事についちゃあ吉田がこの小動のために議員人生を賭けて働こうとしてるんだ」

小動漁港の整備は農林水産省の漁港整備計画に則って行われる。ただ、国全体の予算が決まっている中でそれぞれの整備計画にどれだけ予算を付けられるかは自治体の力しだいだが、今のところ国税、県税、市税合わせて六十億円の予算確保になんとかめどがついている。小動漁協にとってこんなチャンスはない。県議の吉田はこの整備工事を成功させるのに命をかけている。

「そのためには何としてもだな、漁協が一枚岩になって切望しているんだっちゅう姿勢が必要なんだよ」

な、宜しく頼む、とばかりに稲山が源蔵に向かって頭を下げた。

源蔵は腕をくんだまま目をつぶっている。

「全部を反対してるわけじゃねえ」

源蔵が目をあける。

「そう、そうだよな源さん」

添田が体をのりだす。

「ぼろぼろになっちまって崩れかけてるあの岸壁は直さんといかん。それに台風の避難用に係留を増やすのも悪くはねえ」

源蔵の言葉に、添田も稲山も大きくうなずく。

「だがな、あの防波堤をあんな沖まで延ばす必要がどこにある？　あれじゃあ東浜は泥沼になっちまうぞ」

漁港の隣にあって夏には海水浴場にもなる東浜は、沖側を江ノ島ヨットハーバーに塞がれ、西側は江の島大橋と弁天橋で西浜との間を遮られている。だが東側は小動岬と漁港があるものの江ノ島との間に今は大きな海面が広がって外海に向けて口は開いている。それが今回の計画で漁港の防波堤を大きく沖に延ばせば江ノ島との間が狭まり、東浜の海は陸に囲まれた湖のようになってしまう。そうなれば潮回りが悪くなりヘドロがたまって泥沼化するだろう、と源蔵は言うのだ。

「今ある藻場もなくなっちまうぞ」

サザエやアワビが生育する、そしてシラスの親魚であるイワシの産卵場である藻場が無くなれば小動の漁業に甚大な影響が出るはずだ、と源蔵は言う。だが、それは源蔵だけでなく漁協の中でもそれを危惧する声は昔からあった。

「そいつについては心配いらねえ。水産研究所の立派な先生方がちゃーんと対策を考えてくれてるんだ」

稲山は笑みを浮かべながら源蔵をなだめるように、藻場を再生する研究が進んでいることをとくとくと話した。

それでも源蔵は腕を組んだまま首を縦にふることはない。

源蔵の言うことはもっともではある。だが、こと防波堤を沖に延ばすことに、なぜここまで頑なになるのだろうか。横で聞いている恵子もどこか釈然としないところがあった。

「六十億か。どえらい金だな」

源蔵がつぶやけば、稲山と添田も小さくうなずく。

「心配いらねえ。吉田が命をかけて議会を通す」

稲山は背筋をのばし胸をはって語気を強めた。

「たとえ議会を通ったとしても、だ。一般の人が納得するか？　六十億だぞ。それをたった七、八十人の漁協組合員が使う、ってことだ」

源蔵の理由はそこなのだろうか。恵子は源蔵の顔を見る。

「そいつについては、ほれ、このまえの市民検討会でいいこと言ってた奴がいたでねえか」

添田が笑顔になる。漁港を市民のために開放する。堤防釣りもできるような漁港公園のようなものにするという市民側の意見。

「ええこと言うな、と思ったよ。あいつの言ったとおりだ。もう漁港は漁師だけのもんじゃねえ。そんな時代じゃねえんだ」

今、漁港の入り口には〈漁港に用のない者は立ち入り禁止〉の看板が出ている。堤防からの釣りは大目に見ているものの原則は禁止だ。それもいずれ開放すると添田は言う。漁協組合長としての英断だというような顔で胸をはった。

漁師だけの生活圏であった漁港を公園化して市民の憩いの場とする。それによって漁港は市民共有の財産となる。そう提案したのは大島だ。恵子はふと市民検討会のときの彼の姿を思い浮かべた。

「そんなのは屁理屈だ。そりゃああんたたちのまわし者だろ」

源蔵がかっと目を見開いて稲山を睨む。

――大島がまわし者？

そうか。そうだったのか。いや、その読みは当たっているかもしれない。電話をしてきた大島のようすからしてそれはうなずけた。あの大島が……。そして電話の最後の言葉がよみがえる。はっとする。まさか、大島がこの稲山と添田に恵子のことを何か話してはいないだろうか。そう思ったとたん二人の顔を見ることができなくなった。顔を伏せるようにうつむく。胸の中が冷たくふるえた。


「ったく、あんたの旦那はほんとに頑固だな」

帰りぎわ、添田は大きな溜息をついて言った。

恵子は玄関で深く頭を下げる。議員秘書の稲山は野犬のような目で恵子をいち瞥すると、苦いものを噛んだような顔をし、無言で出て行った。

恵子はそのうしろ姿を見送る。少しほっとした。おそらくあの二人は何も知らない、まだ……。

稲山は胸をつっぱるようにして外まで歩いてゆく。それを添田が腰を折って頭を下げながらついてゆく。二人のうしろ姿を見ながら恵子は思った。

男(ひと)には大きなものに迎合し、寄り添って生きる人間と、海の底で貝のように生きる者がいるのだ、と。

＊

「ひさびさに食うとシラスもうめえもんだな」

およそ三ヶ月の禁漁期間が終わり、シラス漁がまた始まっていた。

その夜は大輔が友人たちを家に呼んで酒盛りになっていた。小さな座卓を体の大きな若者たちが囲んで騒いでいる。

源蔵は息子に気を利かしたのか外へ飲みに出たようだ。

大輔にとって幼なじみの友人たちはそのまま車営業のお客でもある。そう考えれば恵子ももてなしに協力しなければならなかった。

「お母さん、これ、すっげえうまいっす。うちの女房にも作り方教えてやってくださいよ」

ふだんは肉食だという金髪の元暴走族が、台所にいる恵子に向かって声をはりあげた。

生シラスといえば生姜醤油でそのまま食べるか、かき揚げ天ぷらにするのが一般的で、この辺の漁師たちはすでに食べ飽きている。恵子は今夜それを玉子とじにしてみた。味付けは市販の〈蕎麦つゆの素〉を使っただけだったので浩一の褒め言葉には内心苦笑していた。

「うん、ふわっと柔らかくてたしかにうまい」

前歯が欠けたままになっている勇作もうなずく。勇作は大輔とはウインドサーフィン仲間だ。強風で時化になると漁はできず漁師は休みになる。ところがそんな日こそ上級のウインドサーファーにとってはセーリング日和（びより）だ。嬉々としてかっ飛んでいた勇作は波頭で大ジャンプしたものの着水に失敗し、帆桁（ブーム）で顔面を強打して前歯を折ってしまったのだ。

「しっかしよ、このシラスだっていつまで食えるかわかったもんじゃね……」と言いかけ、前歯のすき間からシラス卵とじがこぼれ落ちそうになるのを手でおさえる。

「なんでよ」

金髪の浩一が焼酎に湯を注ぎながら横目でにらむ。

「あの漁港拡張工事よ。あれで藻場がなくなっちまえばシラスは獲れなくなっちまうよ」

「んなことあるけ！　んだったら組合長だってやらせるわけねえべ」

シラスは小動の特産品だ。最近は近隣の飲食店も〈生シラスあります〉などという幟（のぼり）を立てて客集めをしている。それを蔑ろ（ないがしろ）にするはずがない、というのは誰もが思うことだ。

「だけっどよ。この小動漁港の水揚げなんてわずかなもんだぜ。手っ取り早く金になるのは釣り船のほうさ」

勇作の家は釣り船屋もやっている。釣り客を乗せる遊漁船業は厳密には漁業ではない。釣り船を持つ事業者が料金をとって客を乗せる遊覧事業のようなものだ。

「汗水たらして魚獲ったってどっだけの金になるかわかりゃしねえじゃん。魚は客に獲らせて、その客から金とって稼ぐほうがよっぽど楽で安定してんのよ」

釣り船であれば魚が釣れようが釣れまいが船賃は入る。だが漁であれば魚が獲れなければ燃料代分がそのまま赤字になるのだ。

実際のところ小動漁協では組合員の多くが遊漁船と漁業の兼業だ。漁業者としての保護を受けながら別の個人事業にも手を出していることになる。

「シラスがだめでも遊漁船で食っていこう、って作戦でねえか」

「そうなると船持ってる家は安泰だけんど。俺みてえに漁の下働きしてる者はクビかもしれんな」

浩一は金髪を掻きむしりながら気落ちしたようにつぶやく。

「なんで、みんなもっと反対しねえんだ？」

「そりゃあ、みんなどこの家も漁協に金借りたり、県会の吉田先生にいろいろ世話になってっから表立って言えねえだけさ」

それに漁港を拡張すれば係留できる船の数を増やせる。台風のときの避難港を提供するためと理由をつけて、じつは本来の漁業から遊漁船事業に転換してゆくことを狙っているのかもしれない。本来の漁業であれば地域への波及効果を考えあわせると税金を投入する意味もある。だが遊漁船事業となれば個人営業の釣り船屋のために税金を投入することになる。恵子は酔った男たちの話を台所で聞きながら小動の現実を思った。

「でもさ、これってさ、いわゆる公共事業じゃん。俺らにとってもありがた味があるわけよ」

そう言ったのは大輔の中学時代の友人で地元の建設会社に勤めているサーファーの翔太だ。天然脱色の茶髪で日焼け度合いは漁師より濃い。

「漁港の工事、おまえんとこでやるのか?」

「ま、うちは下請けの下請けだけどさ、元請けのゼネコンにとっちゃあ工事の規模は大きけりゃ大きいほどうま味があるってことよ」

「なるほど。漁港工事はそういう意味もあったんだな」と大輔がつぶやき、じゃあ拡張工事が決まれば、そのおこぼれで車も買ってもらえるってわけだ、と冗談を言ったつもりだったようだが笑い声は聞こえてこなかった。

「まあ、そういうことがあるから、あの吉田先生もがんばってるんだろ」

六十億円の事業が動けばゼネコンも下請けも潤う。それを成功させるために議員が動く。当然その見返りもあるのだろう。

「あの吉田先生の秘書やってる稲山ってのいるだろ。ありゃあヤクザと繋がってるって、もっぱらの噂だぜ」

議員は表に立って汚いものには触れない。かわりに秘書が裏に回って闇の仕事をするのはよくある構造(パターン)だ。恵子は、あの感情の消えた野犬の目をした稲山の顔を思い浮かべた。

「でもさ、俺、あのでっかい防波堤にはやっぱ反対だな」

翔太が酔ってとろんとした目で言う。

「千葉とか、いろんなサーフポイント見たけどさ。ああいうでっかい防波堤造ったところって、みんな波立たなくなって潮回り悪くなっちゃうんだよな。それでヘドロたまって汚くなってたもん。あんなふうにはしたくねえな、ここの海。俺らの仕事はいっ時だけど、海はずうっとあるんだもん」

今にも酔い潰れそうになりながら、とろとろとつぶやくように言った。

源蔵のように思っているのは彼ひとりではなかった。

恵子は男たちの酒盛りを背中で聞きながら江ノ島と小動に挟まれた海を想った。そして、あの大島は漁港拡張工事の利権をめぐる抗争に関わっているに違いない。かつては大きな権力に歯向かっていたあの大島が……。

＊

「あ、ガソリンあんまし入ってねえな。ま、藤沢行って帰ってくるだけなら大丈夫か」

運転席で大輔がつぶやく。もう江ノ電は終電になっている時間なので路面の真ん中をおかまいなく走ってゆく。

恵子は助手席で、夜中に鳴った電話を思い出していた。

—藤沢警察署ですが、磯浦源蔵さんはおたくのご主人ですね—

夜中に電話が鳴るだけでいやなものだ。その日、まだ源蔵は帰っていなかった。不吉な予感が走る。警察署と聞いた瞬間、恵子はどきりとした。

「酔ってるって言ってたんだろ。大丈夫だよ。ただ酔っ払いを引き取れってことでしょ」

大きな犯罪を犯したわけじゃない。心配ないだろう、と大輔は言う。だが、電話の相手は、喧嘩か小競り合いのようなものがあったようなことを言っていた。また、良くない連中と何かあったのだろうか、という不安が恵子にはあった。


警察署の中はこうこうと明かりがついていて、あちこちで電話が鳴り響き、制服警官が慌しく出入りしていた。まるで昼間のどこかの会社事務所のようだ。

「まあ、今回は双方とも酔っていたようですし、喧嘩両成敗ということにしておきましょうよ」

制服警官も帽子をかぶっていないと厳めしさは半減する。胸の名札は警部補となっているが、歳はおそらく大輔と同じくらいだろう。髪を短く刈ったその警官の話を大輔と二人で聞く。どうやら訴訟ごとにしないですませようということらしい。たいした事件でもないので面倒な仕事は避けたいという気持が警官の表情に出ていた。

「親父のほうも相手に手を出したんですか」

大輔が聞く。昔は暴れん坊だったらしいが、大輔の知る源蔵はストイックなまでに手を出さない人間のはずだ。

「いや、まあ、そこのところがですね、双方言うことに隔たりがありましてね。何しろアルコールが入ってますからね。現場に証言者もいなかったようだし……」

どうも歯切れが悪い、と恵子は感じていた。相手は何人かのグループだったようだが、すでに弁護士がきて引き取っていったという。

「ま、今夜のところは二人の身元引受をお願いしますよ」

大輔と似た年頃の警部補は夜中の面倒な仕事を早いところ済ませたい、というそぶりだ。

「二人、ですか?」

恵子と大輔がほぼ同時に言った。

「おう、すまんかったな」

いつものとおり仏ちょう面で言葉は横柄だが、申し訳なかったという表情もちらりと見える。もうひとりは源蔵のうしろにいて、源蔵の言葉と同時に頭を下げた。

「こっちはテオ君という者だ」

源蔵がまるで友人のように紹介した男は日本人風な顔つきはしているものの、名前のとおり東南アジア系の外国人だった。

「テオです。はじめまして。よろしくおねがいします」

ぺこりとまた頭を下げる。流暢ではないが正しい日本語だ。

この男は何なのだろう、と恵子は不安になる。大輔も同じようにぽかんとした顔で男を見つめている。

ボートピープル、蛇頭、という言葉が一瞬恵子の頭に浮かぶ。だが、警察も何も言わず引き受けさせるのだから、少なくとも不法入国者ではないはずだ。

「いや、驚かせてすまん。いろいろ話したいことがあるんだ」

源蔵はそう言ってまた、目を伏せた。

——話したいことがある、ですって?

源蔵にはめずらしい言いようだと恵子は思った。

結局、今夜のところは身元引き受けということで、酔ってどこかのグループと喧嘩をしたとされた二人を連れて磯浦の家にもどることになった。

行きと同じように大輔が運転し、恵子が助手席、源蔵とテオという男は後席に座った。

後席の二人は言葉のないまま前をじっと見つめている。恵子は背中で二人の男の気配を探っていた。

——いったいこのテオという男は何者なのだろう。

年令は大輔と同じくらいだろうか。外国人の歳はよくわからない。飲み屋でたまたま知り合った男ではなさそうだ。いつか源蔵が藤沢で外国人と会っているのを見かけたという噂の男はこの男なのだろうか。さっきあの場ですぐに紹介してくれたらこんなにもやもやした思いにとらわれることはないのに、話したいことがある、と源蔵はかしこまった言い方をした。何かわけがありそうだ。これから家に帰って、この深夜にその話を聞くことになるのだろう。

そっと運転席を見ると、大輔もときどきルームミラーに目をやりながら後席をうかがっている。おそらく恵子と同じようにもやもやした思いを今抱えているに違いなかった。

四

「なあ、あんた、もういいかげんどいてくれんかなあ。こっちは仕事にならねえんだよ」

現場を仕切っているらしい男がよってきてヘルメットをとり、大きな溜息をつく。背後には生コンクリートのミキサー車が止まったまま荷台のドラムがゆっくりと回っている。その周りにたむろしている作業員たちは長い休憩をもて余しているようだった。

「なあ父ちゃん、もう行こうよ。いつまでここにいてもしょうがあんべ」

中学生の源蔵が磯にへたりこむように座る男の顔をのぞきこむ。男は干上がった磯を呆けたように見つめていた。

東京オリンピック開催まであと二年にせまった昭和三十七年の秋、江ノ島東浦は沖に鉄板を打ち込んで囲まれ、その内側はすでに海水を抜かれて干上がっていた。聖天島と呼ばれていた海上の岩も今は囲いの内側で乾いた岩のかたまりになっている。

弁天橋に並行して車道の江の島大橋が掛けられたことで大型のダンプカーやコンクリートミキサー車も島内へ入って来る。もういつでも大量のコンクリートを流しこめる準備が整っていた。

磯は海藻が黒く干からびて貼りつき、魚の死骸が白い腹を見せ、サザエやアワビ、トコブシの貝殻が点々と転がっている。だが、それらは今、灰色の泥のような生コンクリートの下に埋め込められようとしていた。

小さな命が息づき、その群れが磯という大きな生き物となって命の循環が営まれていた。その生命体が息の根を止められ、無機質なセメントの塊に押し潰され、死に絶えようとしている。

源蔵の父親はもともとここでサザエやアワビを獲っていた漁師だ。埋め立てについては最後まで反対していたが、オリンピック競技会場建設という国家の大事業をまえにすると、小さな島に生きる一漁師の声は無力であり、ともすれば社会への非協力者と見られかねなかった。

「おめえ、この親爺の息子か？　だったら父っつぁんをなんとかしてくれねえか。このまま居座られたんじゃ、終いにゃ手荒なことせないかんことになる」

「るせえ！　おまえらなんぞになんだかんだ言われてたまっかよ」

このままここに座り込んでいても何にもならないとわかってはいたが、源蔵自身も、自分の家の庭によそ者が勝手に踏み込んできて好き放題されているような気分だった。立ちあがって拳を握りしめる。まだ中学生ながら体つきで高校生と間違われるような源蔵は、立つと男を見下ろすほど上背がある。

「んだったら、しかたねえな」

男は源蔵を見上げ、少したじろぎながらそう言うと、うしろにいた若い男に目配せする。と、うなずいた男はどこかへ走っていった。

しばらくしてやってきたのはアロハのような柄もののシャツに上着を羽織ったり、鯉口シャツに腹巻、腕から入れ墨がのぞいているような連中だった。中には木刀を携えているものもいる。

喧嘩には多少自信のあった源蔵だが、さすがにその道の玄人には敵わなかった。木刀を持った男はそれを肩にかついだまま見張っているだけだったが、素手とはいえ喧嘩の玄人連中からこてんぱんにやられてしまった。

「ちっくしょうおぼえていやがれ」

源蔵は口の中に沁み出た血の唾を吐き、男たちの背中を睨みつけた。


磯にコンクリートが流し込まれ、ヨットハーバーは突貫工事で完成した。農民であれば田畑を取り上げられたようなものだ。だが農民と違って海は漁師の所有物ではない。漁業権は認められてもそれにどれだけの対価がつけられて漁業補償となるか定まった基準はなく、じつに曖昧なものだ。

おそらく一番の理由であろう国家の大事業というお題目のせいか、それとも現金収入の少ない零細漁師にとって漁業補償が甘い汁だったのか、あるいはさまざまな圧力があったからなのか、東浦の漁民が一丸となって埋め立てに反対する動きは出なかった。

東浦漁民の多くが漁業補償を受けて島から出ていったが、磯浦家は補償金を元手にサザエの養殖を始めた。このころ源蔵はまだ中学生ではあったが父親を手伝って海へも出ていた。船室のない小型の漁船ではあったが操作や整備も覚えた。機械いじりは好きでエンジンの修理もこなした。

ところが……。

「やっぱり藻場が消えちまったんだな」と源蔵の父親はがっくりと肩を落とした。

いくら稚貝を放流してもいっこうに親貝に成長した姿を見ることはなかった。サザエにしろアワビにしろ、磯の貝類はワカメ、コンブ、カジメといった海藻を食べて成長する。それが生えていなければ貝が育つわけがない。源蔵の父親はヨットハーバー護岸の外側で養殖を試みたが、そこに藻場は育っていなかった。藻場は山林の腐葉土の栄養分が川水に溶け込んで海へ流れ出、それを栄養に海藻類が育ってできる。だが島の岸辺の半分近くを覆ってしまったヨットハーバーの護岸が栄養を含んだ川水をさえぎってしまったのだろう。

「おまえはまだ若い。この金で島を出ろ」

源蔵がちょうど中学を卒業するころ、磯浦家の漁業補償金はほぼ底をつき、父親から渡されたのは安宿に数日泊まれるかどうかといったていどの金だった。

源蔵が家を出る日、父親が言った。

「俺はこの東浦を離れるつもりはねえ。死に場所はここしかねえ。ここをいつまでも見ていたいんだ」

それが源蔵の聞いた父親の最後の言葉になった。横須賀へ行ってすぐに父親が死に、母親もそれを追うように亡くなった。病死ということにはなっているが、じっさいは餓死であり、つまるところ自殺といってもよかった。

*

「ゲンゾー、またおまえの勝ちだな。日本人が弓をやるとは聞いていたが投げるのもうまいとは知らなかったぜ」

水兵シャツを着た赤毛の男がズボンのポケットから一ドル紙幣を抜き出しながら溜息をついた。

壁に掛かったダーツの的（ボード）には中心の赤丸に二本の矢（ダート）が刺さっていた。その二本と少し外れた一本を源蔵が抜いてふり向く。

「ただの日本人じゃないぜ。俺はニンジャなんだ。知ってるかい？　手裏剣（スローイングナイフ）が得意なんだよ」

基地（ベース）の兵隊たちがよく来る酒場だった。源蔵はそこで皿洗いと給仕に雇われていたが、合間にダーツの相手をすることは許されていた。矢を投げたことはなかったが子供のころから石を投げて空き缶やサザエ殻の的に当てて遊んでいた。そしてゲームのコミュニケーションに必要なていどの英語はすぐに話せるようになった。

カウンターバーの奥にあるテレビに数人の兵隊たちが群がっている。

「ゴー！　ゴー！」

ひとりの掛け声に続いてやがて一斉にゴーゴーコールが始まる。しだいにテーブルを叩く音が激しくなる。

「やったぜ！」

どよめき、ダーツやビリヤードに興じていた兵隊たちもテレビの前に集まる。

「あいつならやると思ってたぜ。奴にとっちゃあ楽勝だろ」

テレビの中の英雄を称える歓声があがる。ドン・ショランダーが１００メートル自由形決勝で金メダルを決めた瞬間だった。

騒々しい歓声を聞きながら源蔵は数日前のテレビ映像を冷めた気持で思い出していた。

雲ひとつない、と形容された青空の下、競技場には大観衆がつめかけている。華やかで高揚感があり、それでいて微かに悲しみを含む行進曲（マーチ）が響く。その中を選手団が行進してくる。誰もが胸をはり、晴れやかで誇らしい顔をしている。あの若者たちは日本人だ。自分と同じ……、いや、そうだろうか。彼らがとてつもなく遠くに見える。自分とは違う世界に生息する人種、だとすれば自分はいったい……。源蔵はテレビの画面に目をやりながら、その向こうに広がる虚ろな空間を見ていた。

赤いブレザーに白のスラックス、スカートが源蔵には眩しい。メーンスタンドまで来たときいっせいに帽子をとって空に掲げる。割れるような拍手に包まれる。日本中の目が彼らを見つめている。目映(まばゆ)いばかりの光の中に今彼らはいる。だが、ここは……。東京(あそこ)と横須賀(ここ)。すぐ近くのはずなのに、何と遠いところか、と。

源蔵は自分のあの日を思い出してみる。

江ノ島を出てぶらぶらと横須賀までやってきた。残りの金はほとんどなくなっていた。どぶ板通りは日本語より英語の看板のほうが目立っている。だが昼下がりの通りは閑散としていて米兵の姿はない。ふと電柱に破れかけた日本語の貼り紙が目に入った。給仕と皿洗いの仕事を募集している。それを見て考えたり迷ったりすることはなかった。今日、今夜の飯をどうするかが問題だった。案内表示にそってトイレにでも行くように足が向いた。すれ違うのもやっとの狭くて急な階段を上がり、ドアを押しあけた。タバコとバターやミルクの饐えたような匂いがした。源蔵にはもの珍しいビリヤード台やダーツ的のあるバーだった。

源蔵にとって地球の裏側で行われているかのようなスポーツの祭典が終わるころ、酒場の経営者が変わった。女性の給仕を多く置くような店にするということで源蔵はお払い箱になった。

別の仕事を見つけなければならなかった。公共の職業安定所へ行ってみるという発想はなく、街をぶらついて求人広告がないか見て回っていると、〈船舶修理技能者募集　金井船舶有限会社〉という貼り紙があった。船舶修理技能がどんな内容なのかわからなかったが、東浦にいたときは小型漁船を補修したりエンジンを修理するようなことはしていた。貼り紙の電話番号にかけ、数日間の試用期間があってから採用となった。

金井船舶は小さな町工場ほどの作業場を備えてはいたが、そこで働くことはほとんどなかった。社長はじめ数人の従業員は米軍横須賀基地内にある米海軍艦船修理廠（しょう）へ行って廠の請負作業員として米艦船修理の一部を担っていた。

修理廠のドックで源蔵たちが休憩をとっているときだった。

「少尉、この滑車（プーリー）アセンブリーはもうだめですよ。交換しないと。でも部品の在庫がないんです、今。こいつが届くまで五日はかかりますね。どうしましょう」

米軍の整備兵らしい男が技術将校に報告する声が聞こえた。

「五日か、そいつは痛いな。全体スケジュールに影響するぞ」

米軍の将校にしては華奢な体つきの男がメガネを額へずり上げて整備兵の持ってきた滑車に見入っている。

「中のボルトが一本だめになっちまっただけなんですがね」

「ボルトか。そいつだけ交換できないのか？」

「そいつの在庫はありません。滑車自体が機能部品（ユニットパーツ）なんでセットで交換しないと……」

源蔵は聞き耳を立てていたわけではない。だが、二人の会話がふと気になった。

海でのエンジン故障は何度か経験したことがある。そんなとき交換部品を船に備えてあることはまずない。東浦の漁師が新品の船外機を買うことなどほとんどなく、たいていは中古を買っている。旧い機種なので交換用部品のメーカー在庫など無くなっていることが多い。そうなれば部品をヤスリで削って直すしかなかった。

「ちょっと見せてくれないか」

修理廠の人間は請負業者のリーダーをとおさなければ個々の請負作業員に指示、命令をしてはいけないルールになっていた。だが、それはあくまで原則だ。作業場内では修理廠の人間も請負業者の人間も入り混じって仕事をしている。「そこにいる君、そのドライバー、ちょっと取ってくれないか」といったことはよくある。このときもそれと同じセンスで源蔵のほうから話しかけた。

「おまえ誰だ」

若い整備兵が源蔵を睨む。日本人の下請け作業員がよけいな口を出すな、という顔だ。

「まあいい」

技術少尉は整備兵を制して滑車を源蔵に見せた。

源蔵は中のボルトを取りだした。たしかにネジ山が潰れてそのままでは使えない状態になっていた。だが……。

――なんだネジ山が潰れているだけじゃねえか。

源蔵は道具箱からヤスリをとってきてボルトの潰れたネジ山を削り出しにかかった。

「おまえ、そんなんで……」

整備兵は言いながらも源蔵の作業をのぞき込んでくる。技術少尉も興味深い顔で見ている。

ほんの数分で作業は終わった。まずは試しに、と源蔵は滑車に挿入して手で捻じ込んでゆくと途中でひっ掛かる。整備兵が、それ見ろ、とニヤリとするのを源蔵は無視してもういちど丁寧にヤスリをかけた。そしてまたトライしてみる、と今度はきちんと最後まで締め付けることができた。

小声で「ワーオ！」と整備兵が唸る。

「やるじゃないか」と技術将校は源蔵の顔を見て言った。

軍人というより若い技術者のような男が柔和な笑顔を向けてくる。そして、おまえは五日遅れになるはずのスケジュールを挽回した。これが戦場だったら、作戦を変更せずに進軍できる。米軍兵士なら勲章ものだ、と言って源蔵の肩を叩いた。

そんなことがあったおかげで源蔵は艦船修理廠に直接雇われることになった。持ち前の器用さが技術将校の目にとまったのだ。給料も金井船舶よりよくなる。それはある意味当然であって、金井船舶は請負業といいながら実態は修理廠への労務提供をして作業員の上前をはねているような会社だった。いっぽう、艦船修理廠というところは駐留軍労働者という日本の公務員に準ずる待遇だった。

*

休憩時間に源蔵がドリンクの自動販売機の前でコカ・コーラにするかカナダ・ドライにするか迷っていたときだった。うしろから長い手をのばしてコインを入れてきた男がいた。

「選べよ。好きなのを」

あの技術少尉だ。

源蔵はコカ・コーラのボタンを押す。

少尉が受け口からビンを取り出し、栓を抜いて源蔵に渡す。

「ゲンゾー。俺はもどることになったよ」

この艦船修理廠へは出向だったという。

少尉の言葉に、源蔵は少しだけ驚いたような顔をしてみせた。名残惜しいほどの関係はなかったものの、自分を見込んで雇ってくれた人間へのささやかな気持だった。

「そこで相談なんだが、いっしょに来てもらえないだろうか」

「俺が？　カーター少尉、あんたといっしょに？」

米軍兵士ではない源蔵は米軍将校に言われたからといって従う必要はまったくない。だが……。

「で、どこなんです？　復帰先は」

コーラをひと口飲んでから聞いてみた。最初のゲップが出そうになる。

「相模総合補給廠（サガミ・ジェネラル・デポット）だ」

そこは同じ神奈川県内にあるアメリカ陸軍の施設だが、空軍、海軍、海兵隊も含めた極東全域のアメリカ軍に小銃から戦車にいたる兵器や糧食、それに医療物資など膨大な物資を供給する重要な補給基地だった。同時にあらゆる兵器をメンテナンスする大規模な整備工場でもある。

「君のオールマイティーな技術がぜひとも必要なんだよ」

どうやら今度は移籍のスカウトらしい。

そこでは兵器や特殊な機械装置ごとに整備技術の教育コースがあり、それを習得することで個別の資格が与えられ給与も上がってゆくという。

「今よりずっと稼げるぞ」

カーターのその言葉につられたわけではなかった。横須賀という土地への執着はまったくなく、どちらかと言えば新たな土地へ移り住むことで自身の過去、江ノ島東浦で生まれ育ち、そこを失ったという記憶までも遠くへおしやりたいと思っていた。

源蔵の行ったことのないアメリカという国の街並みをそっくり持って来たような米軍基地（ベース）で、

大統領の日（プレジデンツデイ）、独立記念日（インデペンデンスデイ）といった米国の祝日が公休日となる生活を送る。米人たちの中で働くことで、自身が江ノ島の漁師であったという過去、そして日本人であることすらも消し去りたいような思いがあった。

行きましょう。

散歩をしていて、いつもとは違う小道を見つけ、ほんの軽い気分で足を向けるように応えていた。

*

ピアノの曲が流れている。奥で弾き語りをしている女は日本人のようだが曲は源蔵の知らないジャズだった。

相模補給廠の将校クラブはアメリカ映画に出てくるホテルのバーのようなところで源蔵にはあまり居心地のよいところではなかった。

「やあビリー。彼が例のハードガイかい？」

金髪を短く刈ったフットボール選手のような体格の男がカーターに話しかけてくるなり源蔵をちらりと見た。階級章を見るとカーターと同じ少尉だ。どうやら技術将校のウィリアム・カーター少尉は同僚にビリーと呼ばれているらしい。

「ああ、見かけとは違うだろ。ふだんはこういう無口な子羊（ラム）さ」

「なるほど日本人は外見じゃわからんな。なあ君、しばらくは気をつけるんだな。敵はひとりとは限らんからな」

それだけ言うと男は行ってしまった。

「昨日はだいぶ派手にやったらしいじゃないか」

カーター少尉は昨日のカフェテリアでの一件を言っているのだろう。「見かけとは違う」と言われたのは少し意外だった。かつての自分を知らない少尉はそんなふうに自分を見ていたのか、と源蔵は胸の中で苦笑した。

「先に手を出したのは向こうですからね。ＭＰ（ミリタリーポリス）だってそれは認めてる」

昨日のランチタイムのことだった。

カフェテリアで前から歩いてきた兵士と肩があたった。源蔵の持っていたトレイが揺れてコーラが少しだけこぼれた。

まあ、しかたがない。相手に文句を言うほどのことではない、と思ってやりすごそうとしたときだった。

「おい、おまえ。謝りなしかよ」

ふり向くと若い兵士の不満そうな顔があった。

「おまえこそ」

冗談じゃない。謝るべきはそっちのほうだ、と思った。

「なんだジャップじゃねえか」

言うなり、上から見下ろすように体を寄せてくる。

「ジャップのくせに、その言い方は何なんだ？」

源蔵の胸倉を掴んで突き上げてくる、と源蔵のトレイからコーラの紙カップとホット・チリ・ドックが落ちて散乱した。

周囲の目がいっせいに集まる。

源蔵は相手の薄いグレイの目を睨み返した。自分より力で劣るだろうと見下してくる――それは敵意とは違うものだが――そんな相手には叩きのめしてやりたいという、あの昔からの気持がむらむらとわきあがってくる。

相手がストレートパンチを出してきたのをトレイで受け流しながら、次の瞬間右の拳を相手のみぞおちに思い切り打ちこんでやった。と、思ったよりぶよぶよと柔らかい腹の肉に手首までうずまる。おそらく胃袋を突いただろう。若い兵士は声もないまま膝をつき腹を抱えるようにうずくまってしまった。

周囲にいた兵士たちがどっと寄ってきて源蔵の体を抑える。

源蔵のほうは、うずくまった男が動けないのを見て胸の苛立ちは汐が引くようにおさまっていった。

いったんはカフェテリアの中が騒然となったが、フットボールの第一クオーター終了のホイッスルが鳴ったかのように騒ぎはそこまでで終わった。MPの腕章をつけた兵士が二人飛んできたとき、源蔵は崩れて散らばったチリ・ドックを拾い集めていた。

「ああ聞いたよ。彼は良くない言い方をしたと思うよ」

カーターは首をかしげて目を伏せてみせる。

おそらく相手の兵士がジャップと口にしたことを言っているのだろう、と源蔵は思った。

「べつにそんなことじゃないですよ」

嘘ではない。ジャップと言われて頭に血が上ったわけではない。そもそもジャップという言い方にどれだけ悪意があるのか源蔵にはいまひとつわかっていない。そんなことより力で劣るだろうと見下してくる相手にはその勘違いを気づかせてやらねばならない、というただそれだけのことだ。それは理屈ではなく本能的なもので、いわば雄犬どうしがばったり鉢合わせしたときの反応に似ている。だから、相手が打ちのめされ、もう勘弁してほしい、という表情を見せた瞬間、源蔵の気持はおさまる。あの江ノ島の暴れん坊と言われていたころからそうだった。徒党を組んで他のグループと敵対するということもなく、相手に対しては憎しみも敵意もない。ずっとそうだった。なのに、この若い技術将校はわかっていないらしい。アメリカ人はどうも人種差別にたいして腫れものに触るようなところがある。胸の奥でどう思っているかは別として、理性の力で差別意識を覆い隠そうとしているふしがある。だからその理性の箍(たが)が外れたとき、とんでもない争いに発展する。だが先日のカフェテリアでの一件は、少なくとも源蔵にとってそんなことではなかった。

「まあ、アメリカ人がみんな彼みたいなやつだと思って欲しくないな」

「思ってませんよ、そんなこと」

「まあ戦闘員なら血の気の多いほうがいいんだろうけどな」

若い技術将校は小さく首をふりながらため息混じりに言った。

「ぼくは農家の息子でね。親父はトウモロコシ畑(CORN)をやっていた。地平線までいちめんトウモロコシ畑さ」

こんなアメリカ人もいる、と言いたいのだろうか。ウィリアム・カーターは自身の生い立ちを語り始めた。

「どういうわけか畑にはアライグマ(COON)がいてね。そうトウモロコシ(CORN)畑にアライグマ(COON)さ、知ってるかい?」

そう言って源蔵を見て笑う。COON と CORN をかけたジョークに気づいたか? という顔だ。

源蔵は、ジョークのほうは無視して首をかしげてみせ、目でアライグマは知らないと言った。

「まあ、タヌキみたいなもんさ。そいつの毛皮で帽子を作るんだ。縞模様の尻尾をうしろに垂らしてね」

ああ、それなら知っている、と源蔵がうなずく。

「そのアライグマのやつが、畑に農薬を散布するとよたよたしながらあぜ道に出てくるのさ」

それを目に浮かべたのかカーターはひとりで笑った。

「ああそうだ、その農薬は飛行機で撒くんだ。ぼくの家には軽飛行機（セスナ）があってね」

父親はそれを自ら操縦して種を蒔いたり、農薬を散布していたという。

「親父は飛行機が好きでね、急降下したり、宙返りして遊んでいたよ。下はトウモロコシ畑だろ。文句を言うやつなんか誰もいないさ。ぼくも操縦させてもらったよ」と口の横で笑い「でもパイロット免許はとれなかった。このド近眼ではね」と肩をすくめてお手上げのポーズをとる。メガネの奥にある薄いブルーの目が寂しげに見えた。

「本当は海軍の戦闘機パイロットに憧れてたんだ。でも無理なことはわかっていたから、航空整備士になろうと思って大学は工学部に行ったんだ。だけど地元の州立大学だったから……」

結局、大学でＲＯＴＣ（Reserve Officers' Training Corps＝予備役将校訓練課程）をとって技術系の将校になったという。

「パイロットならば喜んでやるけど、本当は軍人になんか向いてないんだ。さっきのロナルド、ああ、あの髪が眉毛くらい短い健康優良児さ。彼は陸軍士官学校（ウェストポイント）の出で、ああいうのが本当の将校なんだ。ぼくみたいのは先が見えてる」

細面でメガネの青年は溜息まじりに言うとクラッシュアイス入りのバーボンをひとくち舐め

た。髪が眉毛くらい短い、は士官学校出のエリート将校の陰口をたたく兵隊たちの言いかただ。かりにも将校である男の口からそんな言葉を聞くとは源蔵も思っていなかった。

「人生、思うようにはならないよ」と弱々しく首をふり「君はなんでこの道に？」と源蔵を見る。そして、プロボクサーという選択肢もあっただろうに、と小さく笑って言い添えた。

「俺は漁師の倅です」

　ふだんそれを言うことはなかった。だがカーターが心の窓を開いたかに思え、つい心を許したのかもしれない。と、一瞬、江ノ島東浦の風景が目に浮かぶ。まだコンクリートに埋まっていないときの……。

「漁師か。君も僕も第一次産業（プライマリーインダストリー）の生まれ育ちってことだ。奇遇だな。で、どうやって整備技術を？」

「海の上で船のエンジンが故障しちまって」

　まだ中学生だったころだがサザエを獲り終えて、船外機のスターターロープを引いた。だがエンジンは気持のよい唸り声をあげない。何度かトライしたがだめだった。ちょうど潮が動く時間にあたっていて船は流され始めた。たとえ流されても東は三浦半島、西は伊豆半島の見える相模湾の中だったのでそれほど動揺することはなかった。船外機はときどき分解整備もしたことがあったので修理してみようと思った。ほどなく故障の原因はわかった。交換部品さえあればたやすいのだが、そんなものは船に積んでいない。だが小さなヤスリだけはいつも備えてあったので破損していたキャブレターの台座ねじを削って直した。その間に一時間ほど流されたがエンジンは何とか直すことができて無事江ノ島までもどって来ることができた。それ以来ヤスリさえあればたいていの機械は直せるという自信がついたのだった。

「ヤスリね。たいしたもんだ。アメリカ人にはそういう人間がいないんだ。修理ってのは部品を交換することだと思ってる」

そういったあと「だからそんな連中にM16なんて持たせるのが間違ってるんだ」とひとり言のようにつぶやいた。

「M16？　それがどうかしましたか」

M16は米軍の標準自動小銃だ。源蔵はこの相模総合補給廠へ来てからカーター少尉の指示でM16の整備技術習得コースを受け、毎日のようにそれを修理したり分解清掃している。

「君はAK-47を見たことはあるかい？」

AK-47とはソビエト製の自動小銃で設計者ミハイル・カラシニコフの名から別名カラシニコフと言われている。

「ベトコンから奪ったのを軍のテクニカルセンターで見たよ」と、そのときを思い出すような目をする。そして「重くて、無骨で、いかにも安物さ」と吐き捨てるように言う。

「そりゃあアメリカの誇るM16に比べたら問題にならないでしょう」

源蔵はカラシニコフを見たことはなかったが、M16がアルミ合金本体の軽量設計なのに比べ、その十年も前に設計された重いカラシニコフが劣るのは当然だと思った。

「ああ、たしかに重くて安物さ。だがな、M16を一丁作る金でAK-47を十丁、いやそれ以上作れるんだ。それにメンテナンス性がいい」

M16は繊細な構造で頻繁なクリーニングが必要だがカラシニコフはクリーニングしないまま長期使用に耐える。M16の銃座にはクリーニングセットが格納されているのは君も知っているだろう、と言って笑った。

「おまけにAK-47は構造がシンプルなんで分解整備も簡単なんだ。銃の専門知識のない農民あがりのベトコンにも簡単に扱える」

それに比べM16の分解修理が複雑でデリケートなのは君も知ってのとおりだ、と若い技術少尉は源蔵の顔を見た。

「壊れた部品を交換するしか能のないアメリカ人にデリケートで複雑な機械を与えるのは間違ってると思わないかい?」

財力も技術もあるアメリカがそれを持ち合わせない北ベトナムやベトコンより優位だとは必ずしも言えない、と遠いベトナムに思いを馳せるような目をした。

「ゲンゾー。君みたいな有能な職人(ワークマン)が、本当は米軍に必要なんだけどな」

若い技術少尉が源蔵の顔を見つめる。その目が自分をかいかぶっているようで、源蔵はそれを重苦しく感じた。

＊

立川基地のカフェテリアで源蔵は昼食（ランチ）をとっていた。先週までいた相模補給廠は倉庫と工場の基地だったが、この立川は相模の物資をベトナムへ送り出す前線基地だ。

「あのときは驚いたぜ。カメラマンのやつが俺にフライングしろってぬかしやがるんだ」

黒人兵が隣のテーブルでスパゲティを頬ばりながら話している。腕の階級章を見ると山形線（シェブロン）が三本入った軍曹（サージャント）だ。

「どうせやらせなんだろ」

向かいに座った同僚らしい黒人兵が相づちをうつ。

「そりゃそうには違いないけどな。わざとフライングなんてやったこともなかったからな」と大げさに両手をひろげる。

「ハイスクールのときはどんなタイムだったんだい？」

「10秒フラット」

「嘘つけ！」と食べているものを吹き出しそうなポーズをとり「だったら何で本物のオリンピック選手にならなかったんだ」と軍曹を指さす。

「いや、まあ、そのくらいを狙ってたってことさ、俺もあのころはな」

どうやらかつてハイスクール時代は陸上競技の選手だった軍曹が、短距離スタートの写真撮影でモデルをしたときの話らしい。軍を通しての仕事だったようだ。

「代表選手を諦めて軍に入ったけど、この日本じゃあちょっとしたスターってわけだ」

「そうさ。あのポスターは十枚もらって国（カントリー）に送ったよ。そうしたらおふくろのやつあちこち配って回って、市長に三枚、小学校（ジュニアスクール）に二枚、中学校（ジュニアハイスクール）に二枚、高校（ハイスクール）に二枚、それとあと一枚はどこだったかな」

「じゃあ国でもスターってわけだ」

「なにしろオリンピックだからな」

二人して大笑いした。

源蔵の目におぼろげに浮かんでくる。東京オリンピックのポスターに、たしかそんなものがあった。クラウチングスタートの瞬間を真横から撮った写真だった。暗闇を背景に、そういえば体ひとつ前に出ている選手がいたような気もする。

――あれがこの男だったのか。

だがあれがフライングだとは思わなかった。おそらく、ぴったりそろったスタートでは構図上面白みのないものになってしまったからだろう。

――ああ、あれは本当のオリンピック選手ではなかったのか。

そう思ったあと、それも当然だと思った。あれを見たのは大会の開催前だったのだから……。

東京オリンピックのポスター。中学生だったあのころ島の中でも見かけた。このオリンピックのせいで東浦が埋め立てられたのだ。そう思うと破り捨ててやりたいような気持になった。

いや、そうだったろうか。

たくさんの外国人がやってくる。世界中の人間たちがスポーツで競い合う。外国とはいったいどんなところだろう。あのポスターを見つめて、その向こうに広がる広大な世界に想いを馳せたような気もする。だが、それはほんの一瞬だったはずだ。ポスターのこちら側にもどってきたときは、また現実への怒りがむらむらとわきあがったのだから。

外国とはいったいどんなところだろう……胸を躍らせるようなポスターの向こう側と、胸のなかに渦巻く恨みが混沌としていたあのころがまた今よみがえってくる。

＊

翌日の出発をまえに源蔵は休暇で立川の町へ出た。映画館で『００７／ゴールドフィンガー』を見たあと、デパートの最上階にある食堂へ来た。そこは窓が大きくガラス張りになっていて立川基地の滑走路がよく見えた。つぎつぎとグローブマスターが着陸し、そして飛び立っていく。胴体が太くてずんぐりとした大型の輸送機だ。その機首が、からくり人形の口のようにぱっくりと開いてジープや戦車が降りてくる。それらは相模総合補給廠へ送られ、修理されて再びベトナムへ送り返されてゆくのだ。

　近くのテーブルに親子連れがいた。小学校へ入る前後という年ごろの子供は飛行機が飛び立ったり着陸するのを見たくて母親にせがんでその食堂に来ているようだ。たしかに、いい歳をした大人の源蔵ですら飛行機の離着陸を眺めていると飽きない。金属でできた乗り物がふわりと浮く瞬間は胸が踊る。機体のうしろ姿がしだいに小さくなり、やがてその銀色に光る点が空に溶けてゆくとき、どこか遠い世界に去ってゆくそれに無言の声援（エール）を送っている。

　着陸する飛行機には操縦のうまい下手がある。ドスンと音がしそうな着陸もあれば滑るように降りてくるものもある。滑走路に停止したグローブマスターが口を開けると兵隊や戦車がぞろぞろと出てくる。子供にとってはじつに面白い眺めに違いない。ただ、ときには物資の列がじつは戦死者の棺（ひつぎ）だったりもするのだが……。

　ふと自分が幼かったころのことを思い出す。

　まだ江ノ島に分校があってそこへ通う低学年のころだった。母親に連れられ、藤沢へ映画を見に行ったことがあった。弁天橋を渡って島から出、小田急線で藤沢まで出た。滅多にないことだった。そのときなぜか父親はいなかった。漁に出ていたのか、なぜ母親が映画になど連れていってくれたのか、それは思い出せない。藤沢オデオン座という映画館で『八十日間世界一周』という洋画を見た。帰りに中華ソバ屋でサンマーメンという中華麺を初めて食べた。江ノ島にもラーメンを出す食堂はあったが野菜炒めを餡かけにした中華麺を食べたのはそのときが初めてだった。

生活のすべてが島の中で完結していたあのころの源蔵にとって、そのとき見た映画の世界はあまりに広かった。おそらくＳＦスペクタクルの宇宙も地球上の外国も源蔵にとっては区別がないほど地球は広く、外国は遠かった。だからその映画が描く世界は源蔵にとって宇宙のように別世界のことだった。

グローブマスターが飛び立つのを見送る子供のテーブルに料理が運ばれてきた。皿の上に型で盛ったケチャップライスの山、その頂には日の丸の旗が立っている。源蔵はお子さまランチというものをそのとき初めて見たのだった。江ノ島ではアジの干物とワカメの味噌汁が常食でトコブシの甘露煮がおやつだったから。

ケチャップライスの上に立つ日の丸の旗。それは風もないのにピンと張っていて、自身が日本人であるという意識がどこか遠いものになっていた源蔵の目になぜか焼きついた。そして、このときを最後に久しく日の丸を目にすることはなかった。


グローブマスターの兵員用座席は旅客機に比べれば固くて粗末ではあったが軍用トラックの荷台よりはずっとましだった。

横に座った新兵が源蔵に話しかけてくる。が、唸るような低周波のエンジン音のせいで声をはりあげないと聞こえない。

「ゲンゾー、おまえは何でベトナムなんか行くんだ」

源蔵は耳に手をあて隣席に顔を寄せる。〈何故（why）〉と〈ベトナム（Vietnam）〉という単語がようやく聞こえた。

「外国へ行ってみたかったのさ」

源蔵は携帯食のビスケット缶を開けながら応えた。

日本に未練はなかった。というより、コンクリートで埋まり、海の消えた東浦は見知らぬ虚ろな場所になってしまった。もうそこは自分のいた場所ではなくなってしまった。父親や母親とともにいた場所、生まれ育った海はもうこの現実世界にはないのだ。だから、どこか遠いところへ行きたい。子供のころ映画で見た別世界に身を投げ出したいと思った。


—ゲンゾー、また転属だ。今度は少し遠いところだ—

カーターが源蔵の仕事場へ来てコカ・コーラのビンを置くなり言ったのを思い出す。

—いったいどこなんです？　今度は—

—ベトナムだ—

冗談でないことはその真剣な顔でわかった。米軍人であるかぎり、それはいつあってもおかしくはない。

—そうですか。それは、何と言っていいか……—

言葉につまる。今度は儀礼ではなかった。

—そこで相談なんだが、君もいっしょに来てくれないか。もちろん君には断る権利がある—

源蔵は耳を疑った。その一瞬自分が米兵だったかのような錯覚に襲われる。聞き違いでないとわかると、やがてカーターの冗談にひっ掛かったのか、と自分を胸の中で嘲笑った。

—断る権利ですって？　俺は日本人ですよ。アメリカ兵じゃない—

—そう、もちろんだ。だが希望すれば軍が君を直接雇う—

希望すれば？　米軍が自分を雇う？　頭の中での翻訳を自身のこととして理解するのが追いつかない。

それまでの源蔵の駐留軍労働者という立場は、米軍ではなく日本国の防衛庁が給与を支払う、いわば日本の準国家公務員的な雇用形態だった。だがカーターは、今度は米軍が雇うと言う。

—それは傭兵ということですか？—

—それはどうかな。君の場合は整備士（メンテナンスマン）だし、軍属（Civilian employee）ということになるだろう—

軍属。軍人でないにもかかわらず軍隊に所属する者。役務の対価は米軍から支払われる。したがってそれまで日本国から支払われていた駐留軍労働者としての給与は停止されることになる。

米軍基地の中にいる、ということはその街並みの景色と同じくすでにアメリカにいることになる。だから米兵はパスポートもビザもなく、アメリカからその国内としての日本基地へ、そしてそこから戦場であるベトナムへ移動してゆく。源蔵の職場もすでにアメリカの中だったのだ。

　低く唸るエンジン音が耳にもどってくる。

「まったくクレイジーなやつだぜ。俺は一日でも早く国へ帰りたいってのに」

　すっ頓狂な声をあげたのは隣座席の新兵だった。

　帰りたい？　源蔵は声に出さずに自問した。

　俺には帰る場所なんかない。いや、そうだろうか？　本当に帰る場所がないのだろうか。それは言い逃れではないのか。東浦の磯がコンクリートで埋め立てられ、漁場を失ったといっても江ノ島までがなくなったわけではない。俺はあのヨットハーバーのせいにしていたが、本当はあの小さな島、いや、ちっぽけな日本という島を出たかったのではないのだろうか。

「あんたの故郷（カントリー）はどこなんだ？」

　隣の兵隊に聞いてビスケットをひとつ口に入れる。

「ブルーミントンさ。と言っても知ってるはずないよな。イリノイ州にある中西部の田舎町さ」

「いいとこかい？」

「ああ。でもそこにいたときは、こんな田舎町、早く出てやろうって、ずっと思っていたよ。行くんだったらニューヨークかな？　演劇俳優になりたかったんだ。だからブロードウェイが夢だったよ」

若い兵隊の目には五番街やタイムズ・スクエアの街並みが映っていたのだろう。映画や写真でしか見たことのないブロードウェイ。そこは若者にとって刺激的な都会だったという。

「でもな、陸軍に入隊して、いざベトナムへ行くってときになると、あの田舎町が妙に懐かしくってさ」

年に何度かカーニバルの移動遊園地がやって来たという。その日だけメーンストリートから自動車を排除し、組み立て式の観覧車やメリーゴーランドが設置される。お祭騒ぎで子供や若者が集まる。

「あれはハイスクールのときだったな」

若い兵隊の目が遠くのどこかを見つめる。

「つきあってた彼女とデートしたのさ。観覧車に乗って。狭いとこで、二人きりさ。な、わかるだろ」

意味深な笑みを浮かべてウィンクする。

「キスしようとしたんだ、俺のほうがさ。当然だろ？　そうしたらさ、どうなったと思う？」

思い出し笑いをこらえているようで肩をひくひくと震わせる。

「ソフトクリームだよ。乗る前に買って入ったんだ。そいつをいきなり押しつけられたよ、この顔にだぜ」

大声で笑いながら足を踏み鳴らし、源蔵の肩をたたく。

「いきなりだったからダメだったんだ」

源蔵の肩を引き寄せ耳打ちするように囁く。そして、

「ちゃんとヤラせてくれたよ。あとで、静かなところでさ。最後までな」

今度は小さく笑って遠くを見る。その向こうに浮かぶ故郷を見つめて放心したような顔をした。

「どうしてるかな……」

そうつぶやいた若者は、もう笑うこともなく口を閉ざした。だが静寂が訪れることはなく、低く唸るエンジンの音が耳鳴りのようにいつまでも響いていた。


小さな窓から陸地が見え始めた。濃い緑色の植物地帯の中を赤茶色の帯が大きく蛇行している。おそらくそれがメコン川だろう。赤茶けた色は雨に流された鉄分を含む泥が川に流れ込んでそんな色をしているのだ。兵隊たちはみな虚ろな目で泥の川を見下ろしていた。

ついに来てしまった、という感慨にもいろいろな想いがあるに違いない。来たくなかった、なのに、というもの。そして、見知らぬ世界へ足を踏み入れる、怖くもあるが好奇心の芽がうずく。源蔵は後者のほうだった。

滑走路に降り立つ。初めて触れたその土地の空気は湿気が飽和状態で夏の雑草に似た匂いがした。陽射しは強いのに、さっきまで大雨が降っていたことを思わせる水溜り。濃い青空の中

を黒くちぎれた乱雲が流れる。重く澱んだ日本の梅雨とはちがう陽気できまぐれなスコールの雨季だった。

*

「ゲンゾー、おまえはWait Until Darkを見たか？」

ベッドに寝たままカーターはようやく言った。顔を向けるのも苦しそうだったが、目だけはしっかり源蔵に向けている。

カーターは中尉に昇進しベトナムでは歩兵師団に所属する兵器・軽整備中隊の隊長になっていた。ふだんは前線に行くことの少ない部署だったが一昨日は夜間のパトロールに追随し、南ベトナム解放民族戦線と思われるゲリラの襲撃を受け、重傷を負ってもどってきたのだった。

「映画だよ。オードリー・ヘプバーンだ。彼女はいい」

「暗くなるまで待って（Wait Until Dark）？　何です、それは」

照れたように笑う。

「なんだ女優の話か」

話に乗ってやりたかったが源蔵はその映画女優を知らなかった。

「ベトコンも同じ、ってことさ」

目が険しくなる。

「奴らはか弱い盲目の女と同じさ」

映画『暗くなるまで待って』はオードリー・ヘプバーン扮する盲目の女性スージーが自宅に侵入してきた強盗たちと闘うサスペンスだという。

「彼女は目が見えない。じつに弱い立場なんだ。だが絶対的に有利なはずの強盗たちと必死に闘うんだ」

カーターは天井を見つめたまま映画の場面を思い浮かべるように話し続けた。

「どうやって闘ったと思う?」

そう言って目だけ源蔵に向ける。

源蔵は首をかしげ弱々しく横にふる。

「部屋の照明を全部壊して真っ暗にしちまうのさ」

「なるほど。だからWait Until Darkか。そいつはグッドアイデアだね」

カーターが苦しそうなのを気にしながら、源蔵はようやく彼の話に乗ることができたと思った。

「そうさ、真っ暗な部屋だったら盲目の彼女だって強盗と立場は同じさ。いや暗闇に慣れているぶん、逆に有利だろう」

源蔵もうなずく。

「暗闇の中で逃げまどいながら、それでも彼女は勇敢に闘うんだ」

源蔵もようやくカーターの言いたいことがわかってきた。

「ベトコンだって同じさ。奴らの装備はぼくらよりずっと劣っている。だから奴らは、本当はぼくらのことが怖いんだ。スージーと同じだよ」

溜息をつき、小さく首をふる。

「だから夜の暗闇にまぎれて攻撃してくる。武器はじつに貧弱なんだがね」

カーターは夜のジャングルでゲリラに竹槍で脇腹を突き刺されたのだった。

「ジャングルの暗闇ではゲリラとこっちは互角、いや土地勘があるぶん奴らのほうが有利だ」

「そうかもしれない」

源蔵は暗闇の中からいきなり竹槍が自分に向かって飛んでくるのを想像して心臓が凍りつくような恐怖を覚えた。

「奴らは猫に追いつめられたネズミさ。侮ったら大怪我するぞ。これがそのざまだ」

カーターは苦しそうに顔をゆがめ血の滲んだ脇腹の包帯をさすった。

「ゲンゾー、君は前線に行くことはないだろうが、まあ気をつけるんだな。ベトコンはサイゴンにだっているんだから」

街中の軍用車や将校の乗用車に爆弾が仕掛けられることもあった。

カーターは喘ぎながらも米軍のベトコン掃討作戦への疑問を口にした。

「ぼくも農家の出だからよくわかるよ。農民はキャンプになんか馴じまないさ。田畑で生活するのが農民なんだから」

米軍は北部の農村一帯をベトコンの隠れ里と見做して村ごと焼き払い、解放戦線ゲリラを経済基盤もろとも一掃する作戦をとっている。村に住んでいた農民は強制的に米軍の用意したキャンプへ移住させるのだが、自分の村へもどってしまう農民も多いという。

「村を焼かれることで農民は米軍を恨み、ベトコンになってゆくんだ。つまり我々がベトナムのためにやっていることが、ベトナムの中にかえって敵を増やすことになるのさ」

「ぼくは、レオナルドみたいな、本物の将校にはなれないよ。ベトナムの、農民を見ていてそう思ったんだ。ああ、ぼくも、農民なんだってね」

カーターの息が荒く乱れてゆく。

「だけど、彼だって気をつけないといけない。ベトナムじゃあ弾は前から飛んでくるとは限らないんだ。背中の敵、闇の中の敵に気をつけないと……」

苦しそうに顔がゆがみ、しだいにしぼり出すような声になってゆく。

源蔵はカーターの体に異変が起きているのを感じて病室から廊下に飛び出した。

「軍医殿（ドクター）！　来てください！」

叫んですぐ病室にもどる。カーターは天井を見つめているものの目は宙を漂いながら、なおも話し続ける。

「ゲンゾー、ぼくは帰還したら軍をやめるよ。故郷に帰ってトウモロコシ畑で……ああ地平線の向こうまでトウモロコシが……。あ、軽飛行機だ。父さん……」

白衣を着た男が二人、部屋に駆け込んできた。一人がカーターの首に手をあて、すぐに大声で何か指示を出したようだが、それは薬品名だったのか医療器具だったのか源蔵にはわからない英語だった。病室内にさらに白衣と軍服の男たちがなだれ込むように入ってきて室内は慌ただしい雰囲気に包まれる。だが、源蔵はカーターの目が、もうどこか遠くを見ていて、もうここにはもどってこないことを感じていた。

おそらく、彼の意識はすでに病室を出てしまったのだろう。メコン川の流れる原野を駆け抜け、海を越え、アメリカ中西部の故郷にまで飛んで行き、広大なトウモロコシ畑の空を風になって駆け抜けていったのだろうか。地平線のかなたから軽飛行機が一機飛んできて、風になったカーターの横を抜き去るとき、その老いたパイロットの顔が見えたのかもしれない。源蔵はそう思った。

――彼には帰る場所があった。

それはせめてもの幸せだったかもしれない。だが、

――俺には帰るところなんかない。

白い病室の中で源蔵は想った。

＊

ウィリアム・カーター中尉は死んだ。

おそらく遺体はグローブマスターに乗って立川基地へ運ばれ、そこで遺体の修復と化粧を施されたうえ名誉の戦死を遂げた英雄として故郷へ帰るのだろう。

源蔵は兵隊ではないのでカーター中尉が上官というわけではない。だが、源蔵をベトナムへ連れてきたのは彼だった。その人間がいなくなった今、自分はベトナムにいる必要があるのか、と考えた。軍属の身分である源蔵は師団司令部の総務課に問い合わせてみた。すると担当官は「兵役ではないので軍属契約の期間が終了すれば帰れる」と言い、さらに、

「帰国先はU・S・Aか？」

書類を綴じた分厚いファイルを見てそう言った。

「U・S・Aだって？　私が？」

きっと他の軍属の記述と見間違えたのだろうと思って聞きなおした。だが、担当官は日本国籍と合衆国の国籍が併記されていたので日系米国人だと思ったのだという。そして日本人の軍属は珍しい、とひとり言のようにつぶやいた。

どうやらカーターが源蔵を米軍の軍属に仕立てるにあたっていろいろ工作したようだ。そういえば相模補給廠へ来たとき、彼に言われるがまま、さまざまな書類にサインしたのを源蔵は

思い出した。兵器を扱うトレーニングコースで研修を受けている日本人は源蔵だけだった。すでにあのとき米国籍を取らされていたのかもしれない。それでも、たとえ米国籍だけになっていたとしても源蔵はそれほど動揺しなかっただろう。ずっと日本を出たいと思っていた。自分は日本人でなくともよいとすら考えていたくらいなのだから。

——俺には帰るところがない。

だから自分を必要としているところにいよう、と思った。

担当官が兵器・軽整備中隊へ問い合わせると、カーターの後任となる中隊長は、できれば源蔵にいて欲しいとのことだった。

——たとえ国籍があっても俺には帰るところがない。

このベトナムで自分は米軍に必要とされている。ならば、カーターがいなくても自分はここにいよう。乾いた感覚でそう思った。

源蔵はジープやトラックの修理から自動小銃のメンテナンスまで何でもこなせる。それほど幅広く対応できるのは他の軍属や整備兵にもいない。兵器・軽整備中隊にとってはじつに重宝な存在だった。ほとんどがサイゴン付近の駐屯地にいて仕事をする。ところがある日、歩兵連隊の支援補給中隊に追随して前線近くの村へ行くことになった。作戦の詳細は知らされなかったがベトコンが紛れ込んでいる村があるという情報が入り、その逮捕、掃討が目的だった。もちろん源蔵の役目は戦闘ではない。だが沼地や湿地を抜けて行かねばならない場所だという。ジープや兵器が故障するケースが多いことを想定した後方支援要員(バックアップ)だ。だから通常であれば武器は持たない、ところがその日、源蔵は一丁の拳銃を持たされた。ベトコンが潜んでいる可能性のあるジャングルを抜けて行くとき藪の中からいつ敵に狙われるかわからないからだという。

源蔵はカーターの言葉を想い出していた。

―奴らは夜の暗闇にまぎれて攻撃してくる。武器はじつに貧弱なんだがね―

―ジャングルの暗闇ではゲリラとこっちは互角、いや土地勘があるぶん奴らのほうが有利だ―

―奴らは猫に追いつめられたネズミさ。侮ったら大怪我をするぞ―

源蔵は、あのメガネをかけた若いエンジニア将校の顔を想い浮かべた。

――ああ、わかってるさ。ここは戦場なんだ。安全な場所なんてどこにもないよ。

胸の中で応えながら、自身に言い聞かせた。

目的地の村に着くと、そこはごくふつうの農村に見えた。少なくとも源蔵にはそう思えた。茅葺きの屋根、鋤や鍬などの農耕具を見ているとそこが日本の田舎のような錯覚さえ覚える。

こんなところにベトコンがいるのか、と源蔵は思う。だが、いつも聞かされていることは、ベトコンはみんな農民に化けている。農作業用の編笠をかぶり、畑の草刈をしていた農民が突然鎌を銃に持ちかえて撃ってくるのだ、と。そして夜になっても村では寝るな。少なくとも一人は見張りで起きていないといつ寝込みを襲われるかわからない、と。

村の一角に簡素な建物があった。柱の上に茅葺きの屋根だけ。そんな東屋のような建物の中にオルガンがひとつ置かれている。

——こんなところにオルガンが？

ゲンゾーは不思議に思った。だが、それが小学生のころ通っていた片瀬江ノ島分校にあったものと似ていて急に懐かしさがこみ上げてきたのだった。近寄って触れてみる。ペダルを踏んでないので鍵盤を押しても音は出ない。なのに、遠い昔、分校で聞いた旋律が耳の奥で響いたような気がした。同時に海が目に浮かぶ。そして対岸の片瀬の浜が……。

そのとき、背中で声がした。ふり向くと若い女が立っている。見たところでは高校生くらいの年齢に思えた。

女がまた何か言った。ベトナム語のようだがゲンゾーには意味がわからない。そのまま応えないでいると何かを察したような表情で、今度は一語一語聞き取れる英語で「あなたは誰？」と言ってきた。

「アメリカ軍の軍属です」

ゲンゾーもゆっくりとした英語で応じた。

女はゲンゾーの外見から南ベトナム軍兵士と思ったようだ。東洋人の顔をした男。まさか日本人がそんなところにいようとは思いもよらないだろう。自分たちと似た顔つきの東洋人をベトナム人と勘違いしたのは無理もないことだった。

ゲンゾーが勝手にオルガンを触ったことを詫びると、それまでの堅い表情を崩し、彼女は初めて笑った。その笑顔はゲンゾーの胸にしみ込み、深く心地よく広がっていった。

彼女は村の学校の教師だという。日本人は西洋人から若く見られるが、ベトナム人はそれ以上に若く見える。まるで女子高生ほどの年齢に見えたが彼女は成人した女だった。長いストレートの髪と大きな黒い瞳に源蔵は異性として好感を抱いた。彼女はサイゴンで勉強し、教師になって故郷の村に赴任したばかりだという。

「日本人のあなたがなぜここに？」

彼女の問いにゲンゾーは応えられなかった。おそらく日本語でもうまく説明できないだろう。

「私の名はグエン・ティ・ラン。あなたは？」

「ぼくはゲンゾー。イソウラ・ゲンゾー」

このとき源蔵は二十歳になっていた。あとでわかったことだがランは二十一歳だった。初対面の外国人どうしながら近い年齢の男女。つたない言葉で会話がはずむ。

「この村が好きなの。この村で生まれて育ったんですもの」

風の吹いてくるメコン川のほうを眺める。

「でも、サイゴンのほうが都会（タウン）で楽しいんじゃない？」

「あなたは都会が好きなの？」

その問いに源蔵はすぐに答えられなかった。江ノ島の漁村から横須賀へ出たのは都会に憧れていたからではない。東浦の海が埋め立てられ、漁師としての生活ができなくなったからだ。
だが、広い世界への憧れがあったこともたしかだ。子供のころ映画の『八十日間世界一周』を見て、狭い島から広い世界へ出てゆきたいという気持があったこともたしかだった。応えに窮していると、

「私は田舎(カントリー)の暮らしが好き。田んぼの水の中に足を浸けているのが好きなの。アスファルトの道は固くて熱くて嫌いだわ。川の匂いが好き。こうして川から吹いてくる風が好きなの」

——川の匂いか。

とゲンゾーは思う。そして意図せず東浦の磯の匂いを想い出していた。まだヨットハーバーができる前の東浦を目に浮かべる。磯の岩の下に手を入れ、岩肌を撫でる。そこにもっこりとした感触があれば心が躍った。トコブシの貝殻を手の感触でたしかめ、それを引き剥がす。と、アワビによく似た形の貝が手のひらにおさまった。それは砂糖醤油で煮て甘辛いおやつになった。

海藻の匂いがしていた。夏の潮が引いたときは陽に干され、むせ返るような匂いだったが、春先のワカメを干す匂いは、まだ冷たい海の中に春を予感させる香りだった。

父親とともに船で海に出るときに向かってくる風は誇らしい男をたたえる風だった。

いつも風が吹いていた。あそこにも……。

「あなたの故郷はなんていうの？」

メコン川から吹く柔らかな風に女の長い黒髪が揺れている。それを見ていると、自然に口からもれた。

「えのしま」

遥か遠くのそれを見てつぶやく。自分でも驚いていた。忘れ去ろうとしていたのに。故郷？　そんなものはない、とは言えなかった。川の匂いのする異国の風景の中に忘れようとしている海の景色が浮かぶ。

「え・の・し・ま？」

音をなぞるようにランが口ずさむ。

「どんな村なの？」

「島（アイランド）さ」

「アイランド？」

源蔵のように遠くを見る。言葉では知っていても、彼女にとっては遠く、未知のものだったに違いない。

——でも、もう帰るところはないんだ。

声に出さないまま、胸の中でつぶやいた。

突如、遠くで乾いた破裂音がして空中にこだまする。銃声だ。

ベルトの銃ケースに手を入れ、拳銃を取り出した。安全装置を外す。いつでも引き金を引けば撃てる状態だ。正直怖かった。素手で殴り合う喧嘩とはわけが違う。

―ゲンゾー、背中の敵に気をつけるんだ！―

また、耳元でカーターの声がしたような気がした。と、同時に背中に不穏な気配を感じた。拳銃を構えたままの姿勢でふり向く。

目の前に男がいた。手には鎌を持っている。瞬間、源蔵の心の中で膨張していた恐怖心に火がついた。男が手の鎌を持ち上げようとしているかに思えた。

――殺られる！

思った瞬間、拳銃の引き金を引いていた。

衝撃が握り手へ伝わる。何かが破裂したような音が耳の奥に突き刺さる。と、次の瞬間、男の胸から赤い血が噴水のように噴き出した。おそらく心臓か動脈に当たったのだろう。倒れたまま、釣りあげた直後の魚のように全身が痙攣している。が、やがて動かなくなった。

源蔵も震えが止まらない。銃のメンテナンスで試し撃ちをしたことはあるが、人に向かって発砲したのは生まれて初めてのことだった。震えながら生死をたしかめるために恐る恐る倒れている男に近づいた。男は初老の年齢に近かった。あらためてよく見れば、とても戦闘員とは思えない。

かつて自分を見下した相手を殴り倒したのとはわけが違う。彼らはみな、もう勘弁してくれという目で恨めしそうな目を向けてきた。だが、今は……。

胃の奥から何かが込み上げてくる。それは喉の奥にある弁を突破し、一気に口腔に噴出してきた。そして吐いた。何度も、何度も、嗚咽とともに胃液まで吐いた。

殺してしまった。人を……。しかも相手は兵士ではない。おそらく農民だろう。

自分は兵士ではない。機械の修理屋だ。よもや銃を持ち、ましてや発砲することなどないと思っていた。銃で人を撃ち殺す事態になる、という心の準備が、おそらく兵士にはあるだろう。だが、源蔵にはそれがなかった。突如起きてしまった発砲。さっきまで生きていた人間が、今はただの肉塊となって目の前に転がっている。意識のない肉塊にしてしまったのは源蔵自身なのだ。

――人を殺してしまった。

そう思ったとき、みぞおちのあたりが締めつけられ、ふたたび胃の奥からこみ上げてくるものがあった。

――鎌を持っていたんだ。

鎌を持って背中に立っていた。鎌を振り上げたわけではない。が、わずかに手を持ち上げたかに思えた。しかしそれも定かではない。自分に敵意を抱いていたのだろうか。今となっては確かめようもない。ただ、男が、俺はおまえよりも強いのだ、と見下してきたわけではない。だから、源蔵はいつものようにその勘違いをわからせてやろう、と思ったわけではなかった。いつもであれば、叩きのめし、もう勘弁してくれという表情を見ることで昂った気持がおさまってゆく。だが、このとき、そんな心の鎮静化はおとずれなかった。相手の感情はすでにこの世になく、そんな表情すら浮かべることがないのだから……。

ふと気づくと若い少尉がそばに立っている。

「こいつもベトコンか」

そう言うなり兵士を呼ぶ。駆けつけた兵士は二人で横たわっていた肉塊を広場のほうへ引きずっていった。

広場では反抗した者の処刑が行われたあとだった。たとえ戦争であっても処刑という行為が許されるはずはない。だが、地べたに座らせ、無抵抗の人間を撃ち殺しても、その人間がベトコンであれば戦闘の結果撃ち殺したということになるのがこの戦争だった。撃った兵士も引き金を引いた対象は反政府ゲリラのベトコンだったと信じて疑わない。撃っていなければ自分が撃たれたはずのベトコン。そう思わなければ良心の呵責に圧し潰されてしまう。いや、正常な良心そのものを捨て去らねばならないのが戦争というものだ。

ベトコンは敵陣の向こうから撃ってくるだけではない。草むらの陰から竹槍を突き、農村の民家の陰から背中を狙ってくる。寝込みを襲ってくる。サイゴンの町では車に爆弾を仕掛けるゲリラなのだ。ゲリラは農民と同じ格好をしている。いや、農民がゲリラになるのだ。だからゲリラを殺すことは、農民の姿をした者をも殺すことであり、それはすなわち戦闘なのだ、と兵士たちは思うようしつけられている。いや、そう思わざるを得ないのがベトナムでの戦いだった。だが……。

戦闘を担わされた兵士ならばそう思うことができる。だが、軍属の修理屋である源蔵は胃の奥からこみ上げてくるものを抑えることができなかった。

ベトコンと断定した者はその場で殺した。結果としてベトコンと断定することとなった者、つまり殺してしまった者も同じ。あくまで戦闘の中で倒したということだ。ベトコンの疑いはあるものの確証のない者は殺さずに連行することになった。村の小学校教師であるグエン・ティ・ランもその中に入っていた。彼女はしばらくサイゴンの刑務所に入っていたが疑惑がとけて出所した。だが精神的に傷ついていたらしい。取調べのせいではない。村の掃討作戦の最中に父親がベトコンと見なされ、殺されたことを知ったからだという。しかし作戦を遂行した部隊の隊員たちに、戦闘で倒した敵に関する個人的な情報や逮捕した村人について報されることはない。あくまで兵士間の口伝てだ。それでも源蔵が撃った初老の男。それがランの父親である可能性は高い。年恰好、撃った場所から推定してのことだ。源蔵は男を撃った直後にもまして罪の意識にさいなまれた。

何度も同じ夢を見た。鎌を持った男が背中に立つ。ふり向く。と、男は悪魔のような顔で鎌をふり上げ襲いかかってくる。殺やられる！　と思ったときにはすでに拳銃を手にしている。撃つ。男の胸から赤い血が噴水のように噴き出し、倒れる。死んだ男の顔を見ると優しそうな老人だ。そこへランがやってきて男にすがりつき、泣き叫ぶ。顔をあげ源蔵をふり向く。憎しみに燃えるひとみで見つめてくる。父を殺したのはあなたなのね、と。

いつもそこで目が覚めた。滝のような汗をかき、心臓の鼓動が耳の奥で鳴る。夢でよかった、と思ったのも束の間、現実に男を撃ち殺したこと、それがランの父親かもしれないことがフラッシュバックしてくる。今度は現実の寝床で胃が締めつけられ、吐いた。吐き気は続けて何度も襲ってきた。

*

大通りを自転車で押し漕ぐ人力車のシクロやオートバイが行き交う。通りに面して西洋風の大きな鉄柵の門があり、その奥に尖った屋根の建物が濃い青色の空を突き刺すかのようにそびえている。手前には聖マリアと思われる白い像が立ち、建物の中からオルガンの音が聞こえていた。

源蔵は街中にあるカトリック教会の門の前に、もう一時間ほども立っている。そのすぐそばで、さきほどからシクロの車夫がひとり道ばたに車を停めてタバコをふかしていた。

——讃美歌だろうか。

聞こえてくる歌声は子供たちのようだ。源蔵はオルガンの音色に憶えがあった。遠い音色の記憶が胸の奥を刺す。旋律は違うのになぜかふと島の分校にあったオルガンを想い出した。神社への参道を上がった崖のうえに建つバラック小屋のような分校は、窓から海が見下ろせ、対岸は片瀬の浜だった。オルガンに合わせて歌っていたあのころが目に浮かぶ。分校は小学三年生までで四年生からは片瀬の本校だった。そういえばあのころはまだ暴れん坊ではなかった、と、そんなことを思いながら空を見上げる。あの島のそれよりもずっと濃い青色をしている。それでも、この南国の空はあの島の空とつながっているのだろう。

入道雲が金剛力士像のように立ち上がっている。島の夏、沖の水平線に浮かんでいたそれよりもさらに隆々と力瘤を盛り上がらせてサイゴンの街に覆いかぶさる。陽を照り返している上の瘤は絹綿のように白く輝いているものの、下の黒い陰がしだいに迫ってくる。

——スコールが来るな。

源蔵は、その雲の黒い陰で現実にひきもどされた。サイゴンはこれから雨期に入ろうとしている。日本の梅雨とちがい、降り出したと思ったとたん豪雨にみまわれ、外にいたら濡れ鼠のようになってしまうが、しばらくすると嘘のように雨があがり、雲間から真っ青な空と照りつける太陽が顔を出す。あの一日中じめついて重苦しい日本の梅雨よりよほどいい、と源蔵は思った。

教会の鐘が鳴った。やがて陽気にはしゃぐ声とともに子供たちが門を出てくる。もうしばらくすれば彼女も出てくるに違いない。すでに何度もこうして教会の外から見ていたので予想はついた。

教会はフランス統治時代からあったカトリック教会だという。今は小学校も併設されていて、グエン・ティ・ランはそこで教師をしていた。

――今日こそ声をかけよう。

そう思って待ち続けてはいたものの、すべてを告白する決心までついているかといえば自信はなかった。自分が殺した男が彼女の父親だという確証はない。だがひとりのベトナム人を殺したことはまぎれもない事実だ。

子供たちの一団が去ってしばらくしたときだった。水色のアオザイを着た長い黒髪の女が門を出てくる。薄い絹の民族衣装が細身の体を覆い、長い裾を風になびかせながら教会の白い塀沿いを歩いてゆく。

通りをへだてて見ていた源蔵は心を決めた。車道を一気に横切ろうと飛びだす。シクロに轢かれそうになる。車夫がベトナム語でなにやら怒鳴る。おそらく口汚く罵られたのだろう。喧嘩になれば絶対に負ける気のしない痩せた男だったが、源蔵は何を言われたのかわからなかったのでやり過ごした。ようやくシクロを避けたと思ったら、こんどは自転車に鈴を鳴らされる。安全を見計らって渡るような余裕はなかった。彼女が現れたらタイミングよく飛び出し、渡りきったところで彼女とばったり遭遇したかのような状況にしなければならない。ふり返って驚いたような顔をして彼女に声をかける。偶然をよそおって、やあ、君はたしか……、と。ただ、すぐにランという名を口にするかまだ迷っていた。

水色のアオザイが近づく。とつぜん前に現れた男を避けるような足取りになる、が、源蔵の顔をみとめたとたん歩みが遅くなった。立ち止まりかける。顔がこわばっているかに見える。不審な男が立ちふさがったと思ったのか。それともいつか会ったことのある源蔵とわかったのだろうか。また歩きはじめる。

「ああ、あなたはたしか……」

ベトナム語で言った。このときかける言葉だけはあらかじめ調べておいた。

女の黒い瞳が源蔵を見つめる。何かに気づいたようだが、肩にかけていた白い麻のバッグを抱え込む。そして思い直したかのように歩きだす。源蔵を避けるようにして脇をすり抜けようとする。

「あなた、たしかランさんでしたよね？」

こんどは英語で言った。と、彼女は足を止めて源蔵に向き直る。表情は厳しくこわばっている。

「米軍と関わる人に知り合いはいないわ」

きっぱりとした口調の英語で応える。

このとき、源蔵は米兵たちがふだん休日に着るようなアロハにジーンズのズボンをはいていた。中国系ベトナム人と区別がつかないような顔立ちであっても身なりはあきらかに米軍と関わる人だった。

「メコンの村でお会いしましたよね」

アロハにジーンズの男がアオザイ娘に声をかける。街でよく見かける米兵のナンパととられかねない、と思いながらもこのチャンスを逃してはならなかった。

「ああ、あのときの人ね。だったらなおさらお話したくないわ」

源蔵を避けて歩き出す。源蔵はすぐに追いついて彼女の横に並んで歩く。傍目にはますますナンパと見えるだろう。

——話したくない？　やっぱりそう思っていたのか。

彼女のほうも父親を殺したのは源蔵だと思っているのだろうか。だとしたら謝りたい。心から詫びたい。しかし何と言っていいのかわからない。黙ったまま彼女の横について歩く。

「でも……サイゴンで会えるなんて。メコンの村が好きだって言ってたよね、たしかあのとき」

話の糸口を見つけようとしてつい出た言葉。深い意図はなかった。

「あそこは、あの村は、もう……」

言葉をつまらせる。

——なんてまずいことを言ってしまったのか。

ふれてはならない古傷をえぐり出してしまった。

「あの村を滅茶苦茶にしたのはあなたたちでしょ」

足を止め源蔵を見据える。

――頬を叩かれてもいい。

この道ばたでいっそそうしてくれたらいい。望むところだ。そうすれば……だが彼女は意に反して顔をそむけ、源蔵を置き去るように歩き出した。しだいに足早になってゆく。だが源蔵はそのあとを追う。どんな仕打ちでも受ける覚悟はある。

彼女が大通りから脇道へと曲がった。源蔵もあとをついて曲がる。しばらくしてまた彼女が曲がる。源蔵も曲がる。パリを模したと言われている大通りの整然とした街並みは消え、食べ物の屋台小屋が道ばたに目立ち始める。鳥肉を焼く匂い、スルメを焼く匂いが辺りに充満している。ニョクマムの焦げる匂いがする。塩漬けした小魚を発酵させて作るその調味料に米兵たちはみな鼻をつまむ。だが源蔵はその発酵臭の中にどこか懐かしい醤油の香りを感じた。

道ばたには屋台から出る残飯を狙って野良犬がうろついている。目つきが鋭く、発情した雄犬は今にも咬みついてきそうで、さすがの源蔵でも少々怖い。島には野良猫はたくさんいたが野良犬はいなかった。

ランがふり向く。長い黒髪を手でかきあげる。

「ついてこないで」

刺すような目でそう言った。

源蔵は立ちすくむ。憎しみであれば受けとめよう。だが、心の貧しい者を蔑むような目を向けられて気持がすくんだ。

呆然と立つ源蔵を足蹴にするよう、くるりと背を向けて去ってゆく。水色のアオザイが屋台と雑踏にまぎれてゆく。そのうしろ姿を源蔵はいつまでも目で追っていた。とそのとき、見えなくなりそうなくらい小さくなった水色のそれが弾かれたように揺れた。悲鳴に近い女の声、同時にバイクのエンジン音が唸りをあげる。

——バイクと接触事故？

呆然としていた源蔵に電撃のような緊張が走る。やがてバイクが唸りながらこちらへ向かってくる。二人乗りの後ろの男が何か白いものを抱えているのが見えた。とっさにそれがランのバッグだとわかった。ひったくりに違いない。犬が甲高く吠える。バイクが野良犬を蹴散らしたのだろう。怒った犬が獲物を追う狼のようにバイクに追いすがる。排気量の小さなエンジンがフル回転の唸りをあげ、犬の吠える声と絡みあう。

——あのバイク。止めてやる。

源蔵は腰を低くして身構えた。おそらく飛びつくより蹴り倒したほうが確実だろう。そう思った瞬間、金縛りのように体にブレーキをかけようとする何かが体の中に現れる。それに抗おうとすると胸を締めつけられるような感覚に襲われた。

——あいつを止めないと……。

源蔵を制止しようとする何かに逆って身構える。

バイクはフルスロットルの唸りを上げて近づいてくる。道を塞ぐようにして空手のように構える。ハンドルを握っている男が何か叫びながら源蔵を脅すように真っ直ぐ突っ込んでくる。それに挑むかのように源蔵が動かないでいると寸前で進路を逸らすようにバイクが傾く。その瞬間を狙って源蔵は運転手めがけ横蹴りをくらわした。運転手の肩か頭に踵がしっかり当たるのを感じた。と、バイクは横転して乗っていた二人とも道に転げ落ちる。そこへ追いついた犬がうしろに乗っていた男に飛びかかって咬みついた。雑踏から声があがりわっと人だかりができる。突然甲高い警笛が鳴った。二人連れの制服が銃を携えて走ってくる。サイゴンでは政府軍兵士と見分けがつきにくいが、どうやら警官のようだ。源蔵は、咬みついた犬を追い払おうともがいている男からバッグを奪い取った。

運転していた男のほうは走り去り、雑踏の中に消えてゆく。

「○▽※△ホンダ・カウボーイ☆♭#□%$◎・・・」

警官がベトナム語で何か喚き散らしているが、源蔵の耳にはそこだけが聞き取れた。サイゴンではオートバイのことを〈ホンダ〉という。どうやらバイクを使ってひったくりをやることをそう呼ぶのだろう。と、思いながら胸の奥からこみ上げてくるものを抑えようとした、が、苦い胃酸が喉をつきあげてくる。抑えきれずに源蔵は吐いた。道ばたに、嫌というほど。

「だいじょうぶ？」

ランが源蔵の顔を心配そうにのぞきこむ。

サイゴン川の岸辺まで来て二人はベンチに腰かけていた。

ホンダ・カウボーイからバッグを取り返したことで、ランは源蔵に礼を言い、そして源蔵の体を気遣った。どうやら源蔵が吐いたのは乱闘で腹でも殴られたのではないかと思ったようだ。だが源蔵はどこも殴られていない。この最近の体調異変には源蔵も説明がつかなかった。ただ、思い当たることがないではなかったのだが。

「大丈夫。だけど、お手柄はぼくではないよ。あの犬さ」

結局、運転手のほうは逃げ失せ、うしろに乗ってバッグをひったくった男は犬に太ももを咬まれたうえ警官に捕まった。

「私、野良犬は嫌いだったけど、役にたつこともあるのね」

昼の隙間から白い歯を見せて笑う。それは今日ランがはじめて見せた笑顔だった。

黄色い泥のような川面には小舟から大きな貨物船まで大小の船が浮かび、岸辺では子供たちが釣りをしたり水遊びに興じている。向こう岸は椰子やゴムの木の茂みがところどころにあるが、あとは見渡すかぎり水田が広がっている。川をはさんで対岸は田園風景、こちら側は人ごみにあふれる都会の繁華街だ。

「やっぱりサイゴンでも学校の先生を？」

「ええ、カトリックの小学校なの」

「君はカトリックなの？」

「うーん、その質問に応えるのは簡単ではないわね」

ランは少し困ったような表情を浮かべてからすこしずつ話し始めた。

ランの父親はフランス領インドシナ時代にサイゴンのカトリック系の学校で学んだ知識人（インテリゲンチア）だった。教職につき、本を執筆したこともあった。だが国が南北に分かれてからは、外国に依存し、賄賂で腐敗したベトナム共和国の支配層を嫌って実家のある田舎にひきこもり隠遁生活を送っていたという。

――カトリック系の学校で学んだ知識人だって？　父親が？

あの黒い農民服を着て鎌を持った老人がそうだったというのか？

――違うかもしれない。

あの老人はランの父親ではない？　ふっと心が軽くなったような気になる。だが、かつては知識人であっても世を捨て都会を逃れた人間ならば、やはり……。

源蔵は、あの老人がランの父親でないと思いたかった。いや、そう願った。たとえひとりの人間を殺したことに変わりはなくても……。

「お父さんは、村では、やっぱり、その、農業をやっていたの？」

何気ない顔で聞く。だが、胸の内を見透かされそうで怖かった。鎌など持つことのない知識人らしい身なりをしていた。そうであって欲しいと思いながらランの顔をうかがった。

「ええ、もともと実家は農家ですもの。米を作っていたわ。メコンの村ではそれがふつうよ」

米作り農家ならば鎌を扱っていただろう。ふと、鎌を持った老人の姿が浮かぶ。

――やはり……。

胸の中が大波に揺られる船のよう大きく上下する。

「私も小学校までは村にいたのだけど、サイゴンの学校に行って教師を目指したの。村で小学校の先生になるのが夢だった……」

源蔵の気持をよそにランは話し続ける。

「だから、学校にいる間はカトリックのしきたりにしたがってはいたけど、村へ帰れば土地の神様と仏様と関帝廟もあって、うーん、あなたには理解できないかもしれないわね。ベトナムには宗教がたくさんあるの」

うーんと言うときの彼女は、英語でうまく伝えられないもどかしさを滲ませた。

「いや、理解できなくもないよ、日本も似たようなものさ」

ランの父親のことが気になりながら、口だけが動いて空ろに応える。

「あそこにはメコンの神様がいるの。私にとっては」

ランは川面をこえて対岸の田園を眺める。その先に故郷の村があるのだろうか。

「メコンの神様?」

「ええ、でも、カトリックのゴッドも仏教の仏様もベトナムの土地神様も本当はみんな同じじゃないかって気がしてるの、私は……」

この世界をつかさどる神はひとつ。生まれや育ち、言葉の違う人間が、それぞれ自分たちの神と思って崇めているのは、じつは同じ神ではないか、とランは見えない何かを見つめるようにつぶやいた。

「世界一高い山を知ってる?」

「エベレスト、だっけ?」

源蔵は、アルプスだったかな、と自信のないまま答えた。

「そうね。でもそれはネパール側の言い方だわ。チベットではチョモランマ。同じ山のことを見る場所が違えば違う言い方をする。陽のあたる南側と陰になる北側では山の姿も違って見えるわ」

違う場所から、毎日同じ山の頂を見上げながら、それぞれ自分たちの見上げる霊峰が世界一だと思っているのと同じではないか、とランは言う。

「なるほど」

源蔵はチョモランマを知らなかったが、ランの言いたいことはよくわかった。

「学校でフランス語で話していると神様（ディウー）と言ったとき頭に浮かぶのは主イエスの背後にいらっしゃる見えない影。でも村の祠で田んぼの神様にお祈りしているときはメコンの川面を吹く風みたいなものが心に浮かぶの。でも、きっとそれはどちらも同じじゃないかって……」

「ちょっと待って。君はフランス語もできるの?」

「ええ､学校ではフランス語よ。だから私は英語よりフランス語のほうが本当は話しやすいわ」

英語で彼女がそう言ったとき、源蔵は米軍将校の中に似たような発音をする男がいたのを思い出した。「彼はフランス系移民社会の出だ」と、自分はアングロサクソンだと胸をはる将校がやや侮蔑の匂いを漂わせて言っていた。

「でも、神様は沈黙されたままだわ」

「沈黙?」

「ええ、何も言ってくれない。この戦争も、人が死んでも、ただ黙っている」

源蔵はナイフで胸を刺されたような気がした。父親を失ったとき、彼女は神にすがったのだろう。なのに応えは返ってこなかったに違いない。

「もう私たちを見放したのかしら」と目を伏せる。

彼女をそんな想いにさせたのは源蔵かもしれない。

「だとしたら、自分たちでやらなければ……」とつぶやく。泥の色をした川面を見つめる目が険しくなる。そして彼女は、源蔵に聞き取れないほどの小声で、それでもたしかに言った。

神は〈・・・〉をお許しになるかしら、と。

「えっ、今なんて?」

おそらくフランス語と思える一言が聞き取れなかった。

「あ、いいえ、なんでもないわ」と思いつめた表情から我に返るように小さく首をふった。一瞬、自分ひとりの世界に行っていたかのように……。

「ところで、あなたはなぜ米軍といっしょにいるの？　日本は平和で豊かな国じゃないの？」

と二人の会話にもどる。

「平和で豊か？」

正直、ベトナムへ来るまではそんなふうに思ったことはなかった。源蔵の脳裏に干上がった東浦の磯が浮かぶ。ミキサー車から流れるコンクリートが磯を覆ってゆく。漁場を失った漁師の家はみな島の外へ去っていった。源蔵の一家だけが島に残り、貝の養殖で漁師を続けようとしたがうまくいかず、やがて父親は一文無しになって死んだ。オリンピックは平和の祭典と言われているらしい。だが、源蔵にとっては……。

「そうかもしれない。でも、君にはわからないと思う」

ひとりのベトナム人の目にはオリンピックが開けるくらい平和で豊かな国と映るのだろう。そして、たしかにそうなのだろう。この国では毎日銃で撃たれて死んでゆく者が数えきれないほどいるのだから。そして、この国を助けるつもりでわざわざ遠くからやってきて、それなのに銃で殺戮し、あげくのはてに自らの命も落としてゆく者たちがいる。それにくらべれば、平和で豊か。たしかにそうなのかもしれない。

「そうね。私は日本のことなんて何も知らない。興味もないわ」

そう言って源蔵の顔を見、また対岸の奥遠くを見やる。

「私の故郷（カントリー）はもうないの」

その日には、すでになくなった故郷の面影が浮かんでいるのかもしれない。

「すべて失（な）くなっていたわ。そう、すべてよ」

家も、学校も、養豚小屋すらも……そして大人の男たちほとんどがベトコンと見なされて殺された。

「女と子供たち。生き残った村人はキャンプに強制移住させられた」

ランは放心したような目で言った。

米軍の方針で、ベトコンの巣窟になっていると判断された村はすべてを焼きつくす。家屋だけではない。納屋の米、麦、農具を焼き、農耕牛や豚などの家畜も撃ち殺してしまう。ベトコンが村に住みつけないよう経済基盤を根底から葬ってしまう。生き残った村民はキャンプに強制移住させられ、村は焼き払われてあとかたもなくなる。ランはそこへ一度はもどったという。そして消滅した故郷の現実を目のあたりにしたのだろう。その衝撃と悲しみは想像を絶する……。

「でも」とランは上を向いた。そして「私はいずれ村に帰るわ。今はすべて失くなってしまったけれど、いつか、また……」

そのためには……。

「戦争が早く終わるといいね」と源蔵はつぶやくように言った。

嘘ではない。だが、自身の無力感で蚊の鳴くような弱々しい言葉にしかならなかった。

「そのためにはアメリカに出ていってもらわないと」

静かに、それでいてきっぱりと言った。

アメリカに協力しているあなたも、と言われたような気がした。ベトナムはベトナム人の手で解決するのだ、と言いたかったのかもしれない。

源蔵は謝罪の言葉を切り出そうか、出すまいか、心揺れているうちに言葉の無力を知らされ謝罪する意味すらも失った。

また会えるだろうか、という源蔵の申し出にも、

「今日はありがとう。でも、もう会えないわ」

きっぱりとした答えが返ってきた。

*

アロハを着た大の男が二人、シクロの座席に座って風を切っていく。源蔵と昨日前線からもどったばかりの若い兵隊だ。うしろでは痩せこけたベトナム人がぜいぜい息を切らしながらペダルを漕いでいる。その車夫は親のような歳に見えなくもなく、少し気が引けるがチップをはずめば済むことだ、と若い兵隊は言った。

「さあ、今夜は楽しもうぜ」

隣ではしゃぐ兵隊は立川基地からベトナムへ来るときグローブマスターの機内でいっしょだったポールという男だ。あのときはまだホームシックと戦場への不安に揺れ動く新兵だったが、今はミルクコーヒーのように陽焼けし、バイキングのような猛々しささえ漂わせていた。

「ジャングルは快適だったかい?」

源蔵としては精一杯の労いをこめたジョークだ。

「ああ最高さ。自然のサウナに一日中入ってられて、蚊の大群からディープキッスの大歓迎さ」

サイゴンの街にはまずいないが、ジャングルへ入ればマラリア原虫を媒介するハマダラ蚊がいる。軍では兵隊に抗マラリア剤を支給しているがそれでも感染する者はいた。

「おまけに三食昼寝つきさ」

ベトナムでは南欧などと同じくシエスタの習慣があり、サイゴンの街中も昼過ぎには人通りが減って街そのものが眠ったようになる。

「かわりに夜が眠れないのだろう?」

「ああ、あいつらはヤマネコみたいな夜行性だからな」

はしゃいでいたポールの口が重くなる。ベトコンゲリラは装備が劣っているぶん昼は行動をひかえ、夜の闇に隠れて襲ってくる。だから前線でのシエスタは昼と夜が逆転したにすぎない。

「ヤマネコに殺(や)られないでよかったじゃないか」

まじめな顔になって言った。

「殺られるまえに殺るしかないよ」

つぶやくように言う。ジャングルの中では接近戦になる。だから撃ち殺したベトコン兵の顔も見たに違いない。兵士は敵を殺すよう訓練されているが遠方の草むらめがけて撃った弾があたったのと、銃剣で刺し殺したときではやはり印象が違うらしい。前者であれば射的場で高得点をあげたような気分だが、後者ならば……。

「ベトコンはほとんどが少年兵だった」とやりきれないような表情をし、

「それでも殺らなけりゃ、こっちが殺られるだけさ」と呻くように言った。

「そうだな。戦争だからな」

返す言葉がみつからず、源蔵もつぶやくように言った。

熱帯樹の並木道にさしかかったとき、すぐ横を自転車が追い越してゆく。学生のような若い男が横目でちらりと見る。ゆっくりと前に去って行く背中を見ているとポールが形相を変えて座席周りを見回す。

「どうした。何かいるか?」

街中でもムカデの化けものみたいなのがいることもあって油断できない。熱帯樹の下ならばなおさらだ。

「今のやつが、おかしなものを投げ込んでねえかと思ってな」

何も見つからなかったようで、ほっとしたような顔をする。

なるほど気をつけなければならない。サイゴンの街中にも一般市民を装ったベトコンは潜んでいて手榴弾を投げ込まれることもあった。今のようにアロハに短パンという格好でシクロに乗っていれば米軍兵士と相場は決まっている。

「まあいい。俺たちはシンデレラなんだから早いとこお城に行かねえとな」

そう言ってうしろを振り返り、車夫に「急いでくれ」と催促した。

今、外出禁止令(カーフュウ)は夜の十二時から明け方の六時までだ。だから遅くとも十一時半には店を出なければならないだろう。

「ところで、その城はなんでボンベイなんだい？　ここはサイゴンだぜ」

休暇のとれたポールがはしゃぎながら源蔵を誘ったＧＩバーはボンベイ・バイシクル・クラブという店名で通称ＢＢＣと呼ばれていた。

「俺もよくは知らないが、なんでも経営者がインド人らしい」

しかし店にたむろしているミニスカートのスリムな娘たちはサイゴン生まれだとさ、と笑った。

店の手前でシクロから降り、両替屋へ行くことにした。源蔵たちの持ちあわせはドル軍票だ。ＧＩバーならば軍票でもじゅうぶん通用するが、一般の店に行くと最近は軍票を渋るところがあるらしい。カジノでチップに替えるように、遊ぶ前にベトナム共和国の通貨、ピアストルに両替しておこうというわけだ。

ひんやりとして暗く狭い店だった。かすかにカレー粉のような匂いがする。と、出てきた両替商の店主はインド人だった。両替商といえばふつうは華僑系だが、このサイゴンではインド人も多いという。

外に出ると夕陽が目を射し、眩しい。

「偶然ね」

オレンジ色の光を背にした人影が言った。若い女の声だ。陽を手でよけながら見ると長い黒髪の女が立っている。瞳の大きな細おもての顔に見覚えがある。ランだ。アオザイではなく白いブラウスに黒いズボンをはいている。旧知の人間と遠い異国でばったり出会ったかのようだった。

「やあ、しばらく」と源蔵はようやくかすれた声で言った。サイゴン川の岸辺で話し、もう会えないと言われてから半年ほどたっていた。

ヒューという口笛が鳴って「なんだよ、お安くねえな」と横からポールが囃したてる。

「ちょっと話したいことがあるの」と源蔵に向かって言ったあとポールに向き直って「お友達をちょっと借りていいかしら。十分ですむわ」と微笑んだ。

「ああ、いいとも。どうだい、話がすんだらいっしょに来ないかい?」

舞い上がった声でポールが言い、まったく隅に置けないやつだ、日本人がこんなに手が早い

とは思っていなかった、というようなことを早口でまくしたててから、

「じゃあ、先に行ってるからな。彼女を必ず連れて来るんだぞ。いいか、これは命令だからな」

最後の言い方はおそらく、いつも言われて辟易している上官の口を真似たに違いない。言い終えるや背を向けて歩きだす、が数歩行ったところでふり向き、手を広げて驚きのポーズをとるや、後でただじゃおかねえからな、という笑顔のジェスチャーで去っていった。

源蔵は何の憂いもなくその背中を見送った。


「ここでいいわ」

ランが道ばたに椅子とテーブルを出しているカフェに誘った。なにやら急いでいるようで、出てきた少年のような店員に早口のベトナム語で注文する。おそらくコーヒーだろう。濃くて最初からミルクがたっぷり入った、あの甘ったるいベトナム風のやつか、と、ふと思う。

「ごめんなさい。突然声かけたりして」

「とんでもない。会いたかった。どうしてるかと思っていたよ」

「時間がないの。すぐに行かなくちゃ」

「ずいぶん急いでるんだね」

「ええ、だからよく聞いて、お願い」

テーブルの上に体を乗り出すようにして源蔵をじっと見つめる。ふっとハイビスカスの花の

ような香りがした。

「あなたは今からここを出て、できるだけ遠くへ行って。そうね映画館でもいいわ。そこで見た映画のタイトルとストーリーをよく覚えておくの。チケットは捨てないでね」

真剣な顔で、しかも声をひそめて言う。

「ちょっと待ってくれ、いったいどうしたっていうんだい」

「わけは聞かないで、きっと、そのうち、いつかわかってもらえると思うから。だって、あなたたちだって……」

彼女の唇がふるえ、そこで口をつぐんだ。

さっきの少年のような店員がカップを運んでくる。

二つめのカップを置こうとしたときだった。耳をつんざく炸裂音が地を揺らした。店員がカップを落とし、頭を抱えながら地べたにしゃがみ込む。ロケット砲か迫撃砲の攻撃を受けたのかと源蔵も一瞬思った。

「伏せろ！」

源蔵はランの肩を抱いて押し下げる。第二攻撃がくるかもしれない。ランが黙って従う。だが、その表情がどこか冷めて落ち着いているように見えた。戦争なれしたベトナムの女であっても、いやそうであればこそ爆発音がすれば驚いて顔面蒼白になるはず。なのに、慌てているのは自分のほうだ。しばらく待って第二攻撃はなさそうな気配になり、周囲の人たちも立ちあがりながら口々に何か言い始めた。

ベトナム人らしい男が大声で何か叫びながら駆けてくる。

ボンベイ・・・、ＢＢＣ・・・という単語が聞き取れた。

――ＢＢＣ？　爆弾？　ベトコンか？

ＧＩバーならばその危険はある。それを承知で来ながら、やられたか、と思い、次の瞬間、ポールは？　脳裏で火花が散る。

「行かないで。行ってはだめ。一緒にいたことがわかって、あなただけ助かれば疑われるわ」

冷めた顔でランが言った。

「君は……」

思いがけない疑念が頭に浮かぶ。爆発が起きるのを知っていた？　だから源蔵がＢＢＣに行かないように……。まさか、ランがベトコンの仲間？

「絶対行ってはだめよ」

それだけ言うとランは源蔵に背を向けて歩きだした。けっして速足ではない。ふつうに歩いているかのようで、なのに一刻も早くこの場を去ろうとしているかに思えた。

＊

ポールは死んだ。

―先に行ってるからな。彼女を必ず連れて来るんだぞ。いいか、これは命令だからな―

上官ぶった口調で言い、くるりと背を向け、そのままだった。

ブルーミントンという田舎町を出たがっていたが、行きたかったのはニューヨークのブロードウェイであってベトナムではなかったはずだ。おそらく来た時と同じグローブマスターに乗せられ、立川で死に化粧を施され、棺は中西部の田舎町、ブルーミントンに帰ったのだろう。ポールの顔にソフトクリームを押しつけた少女は彼を待っていただろうか。それとも新しいボーイフレンドができていて、それでも悲報を厳粛に受けとめたのだろうか。

あのあと源蔵はランの言うとおりにはしなかった。ボンベイ・バイシクル・クラブに駆けつけ、砲撃を受けた戦場の建物のような店を前にして呆然とした。米兵で生き残ったのはわずか数人で、源蔵の知っている者はいなかった。

だから……あの日、源蔵がポールといっしょにＢＢＣへ来るはずだったことを知っている者はいなかった。爆弾テロが起きる直前になって源蔵だけがＢＢＣへ行かなかったことをＣＩＡやＭＰに疑われることはなかった。

だから、ランが勧めた、映画を見に行っていたというアリバイ工作は結果として必要なかった。

藁ぶきの小屋。

水田。

村……日本の農村に似てはいる。だが漂う空気がどこか違う。川の匂い。メコンの……。

背中に立つ人の気配。ふり向く。黒いシャツとズボンの農民服を着た男が立っている。老人……だが形相は険しく、しだいに悪魔のように歪んでゆく。手には鎌を持っている。それを振りかぶり、切りつけてくるかもしれない。鎌を持った黒い悪魔……。

—悪魔。ベトコンの悪魔だな—

自分の声が遠くうつろに聞こえる。

—殺られてたまるか—

持っていた拳銃を悪魔に向け、引き金を引く。おかしなことに発砲の衝撃がない。映画のスローモーションシーンを見ているような感覚。男の黒い服に穴があいて赤い血が噴水のように噴き出す。

男が倒れ、何度か痙攣し、やがて動かなくなる。その顔を見ると、悪魔の形相は消えていて、優しそうな顔の老人になっている。胸の奥から何かがこみ上げてくる。喉を突き破って飛び出す。胃が痙攣して収縮し絞り出すように何度も吐く。反吐に濡れ汚れた口で唸る。唸る……その自身の唸り声が遠く、うつろで聞こえない……。

──ゲンゾー。ゲンゾー──


遠くで声がする。声が呼んでいるのは自分の名……。

「ゲンゾー、どうしたの。起きて」

ぼんやりと、目の前に顔がある。女の……ランだった。

──夢だったか。

心の奥からどっと安堵がわきあがる。

「魘されていたわ。また悪い夢を見たのね」

耳元でため息をつくように囁く。

──また、あの夢だ。

顔から汗が噴き出し、耳から後頭部へ流れてゆく。

見つめる天井にはヤモリがへばりつき、キーキーと小さく鳴いている。土壁の小さな部屋。窓際に小ぶりのブーゲンビリアを植えた鉢。そこは今、源蔵とランが暮らしている部屋だった。

あのボンベイ・バイシクル・クラブ爆破事件から三年後、パリ和平協定が結ばれた。〈ベトナムにおける戦争終結と平和回復に関する協定〉という名のそれにはサイゴン界隈でも「本当だろうか」という冷めた目で見られながら、その一方で期待もあったことはたしかだ。調印から二日後にはニクソン大統領が戦争の終結を宣言したことで現実感が増し、米軍は実際に撤退を開始した。源蔵の軍属としての役割も終わったかに思えた。ところがアメリカ大使館を警護する海兵隊員数十人と大使館機能を維持するため、施設や装置のメンテナンス要員の残留が必要となった。いつしかランと別れがたい間柄になっていた源蔵は、この米国残留部隊に軍属として志願したのだった。

悪夢から覚めたとき、源蔵の心臓は激しく鼓動していた。しだいに収束し、ようやく治まったころ、横に寝ていたランが手の指を絡めてきた。源蔵はその細い指を撫でながら組むように強く握った。

父親を殺したかもしれない。謝罪の気持を伝えたい。だからこの女に近づいた。それなのに……。

細くやわらかな腕を引きよせる。華奢な肩を抱きよせる。女は源蔵の腕に身を任せながら自ら覆いかぶさる。長い髪が源蔵の顔を包む。ハイビスカスに似た匂いがする。唇を合わせる。源蔵はランのやわらかな唇を感じながら胸にあたる二つの感触を味わう。体の中心が熱く、そして堅くなってゆく。

―あなたと私は同じ。同じなのよ―

ベトナム語で、おそらくそう囁いたのだろう。源蔵は悪夢の内容をランに話したことはない。だが、それがどんなものか彼女は感じとっているに違いない。源蔵もランの中に同じものを見ていた。復讐に燃え、組織に加わって暗躍し、やがて報復を果たしながら、それに満たされることなく、かえって罪の意識に苛(さいな)まれているのを。

「来いよ（Come on）」

源蔵は英語で囁く。

ランが源蔵の腰にまたがる。さざ波が打ち寄せるように、ゆっくりと腰を揺らす。うす暗がりの中で見つめあう。部屋の空気が共振するように二人の吐息が絡みあってゆく。源蔵の熱く、堅くそそり立ったものがランの細くしなやかな体を貫く。さざ波が振幅を増し、やがて大波が打ち寄せる。空間が揺れ、吐息と、華奢なベッドのきしむ音が部屋の中に響く。その音がしだいに激しく早くなってゆく。やがて鹿の鳴くような声とともにベッドのきしみ音が破局（カタストロフ）して途絶えた。あとには二人の吐息だけが静かに聞こえている。ランは源蔵にまたがったまま、ぐったりと覆いかぶさる。源蔵の胸がゆっくり波うち、ランの胸もまた……。

傷ついた獣（けもの）が二匹、お互いの体を舐めあい、心の奥に潜む罪悪感を快楽と愛欲で塗りこめる。そんな行為だった。

源蔵はランに、ベトコンと通じているのか尋ねたことはない。ランが、父親を殺したのは源蔵本人か聞こうとしないのと同じように。

こんなこともあった……。

ランがいないとき、二人の部屋にひとりの若者が訪ねてきた。白いシャツに黒いズボン。学生風で歳はおそらく十七、八といったところだがベトナム人は源蔵の目からも若く見えるので本当はもっと上かもしれない。

若者は、ドアの外に立ったまま話しかけてきた。

「・・・・・」

ベトナム語だった。ランの名が聞き取れたので、彼女を訪ねてやってきたのは、およそ見当がついた。だが、源蔵は、ベトナム語はわからないので英語で喋って欲しい、と拙いベトナム語で返した。相手のようすをうかがう時間稼ぎだった。

すると若者はあきらかに険悪な表情をした。それでも、

「グエン・ティ・ランいないか」

拙いながら英語で喋ってくる。

「今、彼女はいない。何か用か？」

「あなた、ランの何？」

ランに似てくるりとした大きな目を険しくつり上げる。

「君が彼女とどういう関係なのか教えてくれなければ言えない」

「私、ランの親戚」

挑むような目をする。

「そうか。ぼくは彼女の友達で今はいっしょに住んでいる」

ランに弟がいるとは聞いてなかったが、もしかしたら、と思った。

「あなた、米軍の仲間か？」

汚いものを見るような目になる。

「米軍の軍属だ」

「軍属？」

軍属という英語の意味が何か今ひとつ理解できないような顔をしたが、米軍側の人間だとは思ったのだろう。

「あなた、ランを騙している。ここ、出ていく。私、彼女に言う！」

唾を吐きつけるような険しい形相をしたかと思うと、くるりと背を向けて行ってしまった。

米軍に反感を抱いているベトナム人は多い。源蔵は若者の態度にそれほど嫌悪を感じなかった。自分がベトナム人であれば同じようになっていたかもしれない。あのときのように……。

ふと東浦埋立ての風景が浮かび、工事関係者と対峙したときのことが想い出された。

ランが帰ってからそのことを伝えると、

「何という人だった？」と鏡の前で髪をとかし、背を向けたまま聞くので、名前を聞きそびれたことを謝る。すると、

「きっとフォンだわ」と何でもないような声で言う。

「親戚と言っていたけど」

「同じ村の子よ。村の人間はみんな遠い親戚みたいなものなの」

鏡からふり返り、こんどは部屋の隅にある水甕（みずがめ）から柄杓で水をすくい、手を洗いながら言った。いつもと変わらないふるまいだった。

ランがそれ以上何も話そうとしなかったので、そのときはそれで終わった。フォンとはどういう男なのか。同郷の出身者だとしても、なぜここに住んでることを知っているのか。どういう関係なのか。源蔵も気にならないわけではない。だが、聞かなかった。

その数日後、こんどは二人がいるときに人が訪ねてきた。

すぐにランが部屋の戸口に立つ。源蔵は椅子に座ったまま戸口に顔を向けず、目だけでようすを窺う。と、ドアの隙間から見えた顔は数日前訪ねてきた若者だった。二人はベトナム語で早口の応酬をしている。源蔵には聞きとれなかったが、そのようすからしてよく知った仲のようだ。二人は同邦人。源蔵は異邦人。空しい疎外感がふとわく。それでも部屋を出て二人だけにしてやろうか、と思う一方で、危ない状況に陥らないとも限らない。このままここにいようか、という思いと交錯する。

やがて若者のほうが声をひそめながらも激昂しているのが伝わってくる。ランがしきりに首を横にふりながら、すすり泣くような声になってゆく。が、やがてひと言、何かきっぱりとした口調で言った。すると若者はしばらくランを見つめたあと、首をうな垂れ、静かに背を向けた。ランは別れの言葉を言うこともなく静かにドアを閉じ、額をそこにあてたまま、しばらく動かなかった。

源蔵は、何があったのか聞こうか聞くまいか小さく心が揺れた。ふつうならば聞くのが自然だろう。だが……。

ランは水甕から水をすくい、目を洗い、タオルでぬぐった。背を向けたまま何も喋らない。

そんなランのうしろ姿を見て、源蔵は聞くのをやめた。

*

「辞める……ですって」

ランがラジオに耳を寄せたままの姿勢で源蔵を見る。

外出禁止令の深夜で戸外はひっそりとしていた。

「本当？　本当にそう言ったんだね？」

「ええ、今、確かに」

ベトナム共和国大統領のグエン・バン・チューが辞任した。

十日あまり前、サイゴンから七十五キロ東のスアンロクを防備する共和国軍と北から攻めてきた人民共和国正規軍が激突した。すでに米軍の関与はなく同じベトナム人どうしの戦いとなった。当初、レ・ミン・ダオ将軍の率いる共和国軍は善戦して北の正規軍を撃退し、サイゴンでは米軍がいなくても共和国はまだまだ大丈夫だ、という空気が漂った。源蔵自身もサイゴンの楽観ムードに淡い期待を抱いたくらいだ。というのもベトナムへ来て九年。ランという女性と知り合い、サイゴンで暮らし、このままずっとこの地にいるかもしれないという気持になっていたからだ。だが、源蔵の勤務するアメリカ大使館では、チュー大統領の辞任は時間の問題で、辞任したとたん共和国政府は混乱し、いっきに北ベトナムと解放勢力に飲み込まれると見ていた。

その一方で北は、チューが大統領ポストから辞任さえすれば、民族和解を目ざして停戦交渉に応じると宣言していた。だから、大統領の演説が始まったときベトナム人の誰もが、いよいよ辞任か？　だとすれば民主勢力の大統領に代わり、北と停戦交渉が行われる、と思っただろう。だがチューは就任時にまでさかのぼって長い演説を始めた。

—七二年の終わり、アメリカは私に新協定に調印することを迫ってきた。共産主義者と協定を結んで共存するなど絶対に拒否すると言うと、アメリカは、ならば援助を打ち切ると脅してきた。ニクソン大統領は調印さえすれば必要な援助を保証し、もし共産軍が大挙して攻めてきたときは、米軍が必ず再介入する、とはっきり誓ったのだ！—

激しい言葉が続く。ベトナム語がいまだに完全には解らない源蔵にも、大統領が怒りの拳を振り上げてアメリカを非難している姿が目に浮かんだ。源蔵が解りにくいだろうと思うところをランが英語に訳してゆく。

「過去の人間に恨みがましいこと言ってもしかたないだろう」と源蔵は苦々しく思いながらつぶやいた。というのも、すでにニクソン大統領は昨年のウォーターゲート事件で辞めてしまっている。チューが約束した、と言って頼りにしている男は、すでに政権の座にはいないのだ。それにチューは自分自身でパリ和平協定に調印したではないか。

演説は続く。

―だがいざ協定が結ばれると、アメリカは援助を減らしていった。共産主義者は中国やソ連から無制限の援助を受けているというのに、アメリカは我々が戦車を失い、大砲を失っても、損失を埋めてはくれなかった。共産軍が私たちの郡都や省都をつぎつぎに奪ってゆくのに、アメリカは支援をしてくれないのだ―

「まったく、泣き言にしか聞こえないな」

源蔵のつぶやきにランも小さくうなずく。そして情けなく哀れな小動物を見るような目でラジオを見つめた。

―アメリカ議会がチュー政権には援助を与えないというのなら、自分はいさぎよく退きたい―

「退く、って。今、そう言ったわ」

重要なキーワードを抑えた、という顔を源蔵に向ける。が……。

―最後までサイゴンに留まり、共産主義者と戦う！―

「最後まで戦う、ですって」と自分も訳がわからない、という顔になる。

「いったいどっちなんだ！」

「辞任よ。辞任に間違いないわ。ただ辞めたんじゃ格好つかないから、出まかせで口走っただけよ。そうに決まってるわ」

どうやら、辞任は本意ではない。が、アメリカのせいで自分は辞めざるをえない。しかし、たとえ大統領は辞めても一軍人として北と戦い続ける、と言ったつもりらしい。たしかにチューは大統領である前に将軍だ。そう考えればつじつまは合う。

ランは常々チューを嫌っていた。賄賂にまみれた現政権は腐敗しきっている。アメリカの援助は特定階層の食い物になって国民すべてには行き渡っていない。いつまでも外国を頼って自立しようとしない。しかも、そのチューが頼りにしたアメリカの軍隊にランの父親は殺されたのだ、と。だが、源蔵は思っていた。反チュー派ではあってもランは決して共産主義に与しているわけではない。父親の敵討の気持で解放勢力に協力していたのだ、と。だから……。

「ねえ、俺とアメリカへ行かないか？」

まだラジオからはベトナム語が流れ続けている。それを聞いていたランがゆっくりと源蔵のほうをふり向く。

「あなたは日本人でしょ。なぜアメリカへ行こうと思うの？」

源蔵の顔をじっと見つめる。

「今は、そのルートしかないからさ」

――ルートの問題か？

源蔵は言っておきながら自問した。たしかに源蔵は今、米国市民権を持った米軍属という立場にある。大使館では、すでに数日前から大使館関係者の家族が帰国を始めていて、源蔵もメンテナンス要員としての役目が終われば米国へ行く権利があった。そして家族がいれば、たとえベトナム人であっても同じように米国行きを認められる。結婚し、妻となれば、だ。

――家族。

ランが家族になれば……。

「私はベトナム人よ。わかるでしょ」

静かに言い、源蔵を見る。

ランは故郷を愛している。今は破壊されてしまったが、いつか、あのメコン川の流れる村に帰ろうとしている。そのことを源蔵はじゅうぶんわかっていた。

「でも、北が攻めてきたら。いや、彼らは必ず来る。それでも君は……」

ランがうつむく。じっと自身の胸の中を見つめている。

源蔵は知っている。彼女は共産主義者ではない。父親を米軍に――じつはそれが源蔵であったとしても――殺されたために、その報復の想いを抱いて解放戦線、ベトコンの協力者となったのだ。だが、今は彼らと距離を置こうとしている。彼女の周りにうごめくベトコンの影と関係を断ち切ろうとしている。源蔵はそう感じていた。

「考えさせて。時間をちょうだい」

ランは静かに応えた。そして微かな笑みを浮かべた。

彼女には親族のような同郷の村人たちがいる。故郷の、祖国の人々との絆がある。そのことも源蔵はわかっていた。だが、彼女の表情の中に微笑みを見たとき、いっしょに来てくれる、家族に……、いや妻になってくれる、と思った。

＊

「いいね、ホワイト・クリスマスだよ。それが合図だからね」

源蔵はそう言うとランの細い体を抱きしめた。彼女はこれからいろいろな人と話をしなければならない。今はサイゴンにいるかつての村人、その親族のような人々、勤務する学校の関係者、生徒とも……。

ベトナムに雪は降らない。なのに、なぜか、あの哀愁をおびた曲が選ばれたのだった。

明け方のことだった。遠い、が尋常でない爆発音で源蔵は目を覚ました。いよいよ北の正規軍が攻めてきたかと思った。だが爆発音はそのときの数発で終わった。北が本気で攻めてくるならば続けて砲撃があるはずだ。だから、まだ正規軍の一斉攻撃ではないだろう。

ランは親族のところへ出かけたままだ帰っていない。源蔵はがらんとした部屋をぼんやり眺めた。もういつでも出立できるよう荷物はまとめてある。とはいっても一人につきバッグ一つと決められていた。

ふと窓際に置かれたブーゲンビリアの鉢に目がとまる。赤紫色の花びらに白い花芯。その花はこの部屋に居残ることになるだろう。ベトナム人はみな花が好きらしい。どんなに貧しい家でも何かしら花をあしらっている。ランは小鳥を飼うようにそのブーゲンビリアを愛していた。この部屋を出てアメリカへ行くことになったとしても、この花の鉢までは連れてゆけない、と源蔵はぼんやり想った。

大使館の門の前に人垣ができている。源蔵が身分証(パス)を提示して入ろうとするとベトナム人らしい男が英語で「アメリカ人か？」と叫びながらすがりついてきた。もう数日前からそんな事が続いていたので源蔵は身をかわすようにしてふり払い、すばやく門の中に入った。心が微かに痛む。源蔵は明らかに東洋人の顔立ちだがアメリカ大使館へ入ることのできる身分証を持っている。ならばその源蔵とにわか仕立ての親族となるためそれを証明する書類にサインして欲しいということだろう。昨日は門を出たとたん数人の女たちに囲まれていきなり結婚を迫られた。迷惑はかけない。形式だけでいいと泣きすがる母親のような歳格好の女をふり払うのは胸が痛んだ。身なりからして富裕層のようだったがアメリカ人の伝手がないのだろう。いったい家族はどうしたのだろう。ちらりと浮かんだ想いをふり切った。たいていは一見裕福に見える男女に追いかけられる。屋台で饂飩（フォオ）を売っているような身なりの女に声をかけられることはなかった。北の支配下に入れば、それまでの富裕層は虐げられるが庶民層はそれほど大きな変化はないと思っているのだろう。

事務所へ入ると上司（ボス）がフランスパンに焼豚（チャアシュウ）を挟んだバインミーにかぶりついていた。

「ゲンゾー、聞いたか？　マジェスティック・ホテルがやられたとさ」

「マジェスティックが？」

明け方の爆発音がそれらしい。マジェスティック・ホテルといえばフランス植民地時代から営業しているサイゴンでは由緒ある高級ホテルだ。サイゴン川畔に建ち、その最上階のレストランが砲撃を受けたという。首都サイゴンへの砲撃は四年前のテト攻勢以来のことだ。

「１２２㎜砲らしい」

その上司が言うには１２２㎜ロケット砲の射程距離は十一キロだから、すでに北の正規軍はその辺りまで迫っているという。

「ベトコンゲリラってことは考えられませんか」

ベトコンならばサイゴン周辺にだっている。源蔵は希望的に言ったまでだ。

「１２２㎜だぞ。やつらの持てる武器じゃないさ。北の正規軍の仕業に間違いないよ」

かたいフランスパンを喉の奥へ押し込むように飲み込んでから難しい顔になる。いつものように軽口をたたいていても目が暗い。この上司の言うことが本当であれば、もうサイゴンが攻め込まれるのも時間の問題かもしれない。ふと、ランのことが心配になった。親族の家に行くとは言っていたが、まさかメコンの村に行ってはいないだろうか。いや、村は破壊されたままのはずだ。それでも最近になって村へもどった人間もいると聞く。源蔵の胸は不安でモンスーンに襲われたヤシ林のように揺れていた。

翌日、四月二十八日の夕刻、新大統領のズオン・バン・ミンが就任演説を行った。源蔵は大使館のメンテナンス事務所でテレビ放送を見ていた。

―民族和解の精神に基づいて一刻も早く停戦を実現し、パリ協定の枠内で南ベトナムの紛争の政治解決を交渉しなければならない―

沈鬱でゆっくりとした話し方だった。それをベトナム語のわかる大使館員が英語に訳して皆に聞かせている。

だが大使館内では、新大統領の言った〈一刻も早く停戦を実現〉や〈紛争の政治解決を交渉〉という言葉を信じる空気はなかった。たしかに北は、チューが大統領ポストから辞任さえすれば、民族和解を目ざして停戦交渉に応じることをほのめかしていた。そして新大統領のミンは前大統領のチューとは一線を画し、解放勢力にも一定の理解を示す第三勢力の人間だ。よって停戦交渉に入る条件は出来上がったかに見える。しかしアメリカの見方は〈時すでに遅し〉であり〈北はそれほど甘くない〉だった。

「潮時だな。さあ、いよいよ撤退だ。準備しないとな。大使は残るって言ってるらしいがね」

若い大使館員が椅子から立ちあがって言ったときだった。大地を揺るがすような爆発音がした。

「おい、少し早すぎないか。いくらなんだって、奴らもう来たんじゃないだろうな」

上司がうめく。奴らとは北の正規軍のことだ。

すぐに情報が入る。

「タンソンニャット空港だ！」

「くそ、あそこがやられたんじゃ飛行機での脱出はもうだめだな」

「やっぱりヘリしかないか」

だが空港が狙われることはすでにアメリカは想定していた。そのためサイゴン沖の南シナ海に第七艦隊を待機させ、ヘリコプターで避難者を空輸する手はずを整えている。だが……ランからはまだ連絡がない。

——早くもどってきてくれ。

源蔵は窓からサイゴンの街を見ながら心の底で祈った。

翌朝、ラジオから哀愁をおびたメロディーが流れだした。

『ホワイト・クリスマス』だ。ビング・クロスビーの歌うその曲は南国の朝には似合わない。だが、それはアメリカ人にとって、あの白い雪に包まれた故郷にみんなで帰ろうという合図だった。

源蔵は昨夜からラジオのスイッチを入れたまま選局を米軍放送に合わせ、この合図を聞き逃すまいとしていた。アメリカ国籍は持っているもののアメリカ本土に住んだことはない。米軍の後をついてはるばる南国の戦地まで来てしまった。そして軍のほとんどが撤退した今も残って殿の一役を担っていた。街一面、白く覆われてしまうような雪の町に住んだこともない。なのに今、この曲がなぜか胸に滲みてくる。九年間暮らした土地をいよいよ離れるときがやってきた、という想いを郷愁のメロディーがそっと包みこむ。だが、ランがまだもどらない。今、どこでどうしているのか。つねに米軍放送をチェックするように言ってあった。曲は今から繰り返し流れ続けるだろう。

——聞き逃すはずはない。いや、きっと聞いているはずだ。

源蔵はブーゲンビリアの鉢に目をやる。そして赤紫色の花の向こうに広がる空を祈るような気持で見つめた。

外へ出ると、案の定街は騒然としていた。ヘリコプターのエンジン音が頭上で鳴り響き、ローターの振動が地上まで伝わってくる。パイロットの姿が見えるほどの低空を数機が編隊を組んで飛んでゆく。そしてすぐに反対方向からも編隊が来る。ピストン輸送で南シナ海の第七艦隊と往復しているのだ。

大荷物を抱えた人々が街にあふれている。車やバイクでカンボジア国境を目指す人たちだろうか。サイゴン川岸の方へ向かう人もいる。どうやら大きな貨物船が接岸しているらしく、それに乗れば何とか脱出できる、という噂が流れていた。

源蔵はランのことが心配だったが約束を信じて大使館に向かった。

門の前は黒山の人だかりになっている。鉄格子の上から侵入しようとする男を門衛が怒鳴りながら制している。鉄格子の間から書類を差し出す女たちがいる。大使館の係員がそれを確認しては首を横に振る。おそらくほとんどが偽の証明書なのだろう。

ランには正規の書類を渡してある。それさえあれば入れるはずだが心配だ。門で書類をチェックしている知り合いの若い係官を捕まえる。

「あとから俺の妻が来る。証明書も持ってるからよろしく頼む」

ヘリコプターのエンジン音に負けぬよう大声で怒鳴った。

「書類がきちんとしていれば問題はない。だがおまえの妻が誰か俺は知らんぞ」

「ベトナム人だ。髪の長い……」

「髪の長いベトナム人だって？　そんな女だったらそこに何ダースもいるじゃないか！」

いらいらした顔になって鉄格子の外を指差す。だが、すぐに荒げた声を収め、今度は口の横に笑みを浮かべて言った。

「美人か？」

「ああ、もちろんだ」

ふつうのアメリカ人どうしならば軽いジョークだが源蔵はまじめに応えていた。

「わかった。だったら、おまえもここにいろ。美人の奥さんが来たら俺に紹介するんだ。いいな」

係官の言うことはもっともだと源蔵も思った。ヘリコプターの発着場までは教えていなかったので、ここで待って連れていくほうがいいだろう。最後のヘリがいつ発つのかわからないが、彼女が来るまで待とう。だが、いつまで待っても来なかったらどうするか、それはまだ考えられなかった。源蔵ひとりで行くか、それとも、ここに残るか……。

屋上を見上げると、人間が蟻の行列のように並んで海兵隊（MARINES）と機体に書かれたヘリに乗り込んでゆく。その屋上の斜め上でもう一機がホバーリングしている。次から次へと発着するため空中で待機しているのだ。

源蔵は門に目を向ける。鉄格子の間から五十歳前後と思われる女が顔を押しつけ何か叫んでいる。ヘリのエンジン音にかき消されそうになるのをようやく聞きとる。

―娘の婿が海兵隊だったのよ―

本当であれ嘘であれ証明書がなければだめだ。そんなことはわかっているだろうに。女はいつまでも鉄格子を握っている。

―この子の父親は陸軍の歩兵部隊にいたのよ。クァンガイで戦死したの。英雄だったのよ―

小さな子供を抱きかかえた若い女が泣き叫ぶ。だが証明書はないのだろう。

—アントニー・ハンティントン大佐の知り合いなんだ。アメリカに来るように、という彼からの手紙も持ってる—

高齢だが肉付きの良い東洋人が手紙らしきものを振りかざしている。米軍相手に商売していた実業家かもしれない。そうであれば北の制圧下では処刑されるか、真っ先に強制労働に送られる人間だ。おそらくそれを恐れているに違いない。

みんな自分の国を捨てて出て行こうとしている。〈最後まで戦う〉と豪語していたグエン・バン・チュー前大統領がすでに国外脱出したという情報も入った。自国民を置き去りにして先に逃げる政治家や将軍たちには辟易するが、今、鉄格子の向こうからこちらに来たくても来れないでいる彼らを、源蔵は、情けないとも卑怯だとも思わなかった。ただ、胸の中が熱くこみあげてくる。自分はランだけを救い出そうとしている。はたしてそれは……。自分も卑怯なことをしているのかもしれない。

ふと、鉄格子の向こうに髪の長い、たとえ十ダースいようと絶対に見間違うことのない女の顔が見えた。

——ラン。

心配で潰れそうになっていた胸がいっきに緩み、どっと熱いものが流れ込む。群衆の間に見え隠れするその女は……。

――なんでこんなときにアオザイなんだ。

ランは上から下まで真っ白なアオザイを着ていた。

「ラン！　ここだ」

源蔵は鉄格子の向こうに手を振る。と、彼女もそれに応えた。

大声で係官を呼んで鉄格子ごしに書類を確認してもらう。

「嘘じゃなかったな、おまえが言ったこと」

口の横に笑みを浮かべる若い係官の言葉に源蔵は一瞬意味を掴みかねる。と、

「たしかに美人だ。しかしウェディングドレスとはな。いや、ホワイト・クリスマスだからか？」

笑いながら源蔵の胸をこぶしで突いた。

ランが門の中に入るときは大変だった。押しかけた群衆が扉を開けた隙間からなだれ込むのを避けるため、扉を閉じたまま、外側にいる門衛が群衆を制しているすきにランだけが鉄格子を登って門の上から越えてこなければならない。白いアオザイの裾が風に翻り、青い空に映える。群衆からベトナム語のヤジが飛ぶ。おそらく同国人を差し置いてアメリカ側へ行く女への中傷だろう。

「おい、なんだってアオザイなんか着てきた」

源蔵は人目をはばかることなくランを抱きしめる。シルクの薄い生地を通して細くしなやかな体を熱く感じた。

「国境の壁がこんなに高いとは知らなかったのよ」

ランが耳元で言う。

治外法権の外国大使館へ入るのだから国境には違いない。だが、今日、その境目は物理的にも厚く高い壁になっていた。

源蔵が自分のバッグを拾い上げながらランを見る。

「荷物はそれだけ?」

ランは小さな麻のバッグひとつを肩にかけているだけだった。いつかホンダ・カウボーイに盗られかけたことがある、ふだんから使っているあのショルダーバッグだ。

「ええ」

歩きながら伏し目がちに言ったその表情に源蔵はふと小さな不安を覚えた。

「まあいい、時間がないんだ。ぼくらのヘリポートはあっちだ」

源蔵たちの乗るCH-53は海兵隊が急襲に使う大型の輸送ヘリで、中庭から発着することになっている。

「じつは……ちょっとお話があるの」

ブレーキがかかったかのように、ランの足どりが遅くなる。

「何?」

源蔵がふり向く。

「じつは……、私……」

そう言うと足が止まった。

「何だい？　今急ぐんだ。ヘリに乗ってからじゃだめ？」

ヘリで飛びながらの会話は苦労する。怒鳴りあうようになってしまう。だが、今は急ぐ必要があった。

「私、残ろうと思うの、ここに」

源蔵は凍りついたように固まった。だが、ランがそう言うような気がさっきからしていた。

──いや、ずっとそう思っていた。

「ごめんなさい。せっかく手続きまでしてもらったのに……」

──ただの手続きじゃない。

「みんな、あんなに行きたがってるのに」

──そうさ、みんな偽りの結婚までして脱出の切符を手に入れようとしているんだ、なのに……。

「君は行きたくないの？」

彼女の応えはわかっていた。聞きながら、暗い井戸の底に落ちてゆくようだった。

「私は、この国が好きなの。ここを離れては暮らせない。そのことが、やっぱりわかってしまった……」

——君は、メコン川と離れて暮らせない。それはわかっていたさ。でも……。

「あの村は、もうないんだよ。それでも？」

「ええ、それでも……、それでもなの。みんなといっしょにもどって、田に水をひいて、子供たちが生まれて、そうすればまた学校だって必要になるわ」

ランの目にはメコン川とあの村が浮かんでいるに違いない。源蔵はランと初めて会った日のことを思い出した。

村の一角に簡素な建物があった。柱の上に茅葺きの屋根だけ。そんな東屋のような建物の中にオルガンがひとつ置かれている。

——こんなところにオルガンが？

あのとき、源蔵は何かを思い出した。そうだ、まだ小学生だったころ、江ノ島の分校にあったものと似ていて急に懐かしさがこみ上げてきた。近寄って触れてみた。鍵盤を押しても音は出ない。なのに、遠い昔、分校で聞いた旋律が耳の奥で響いたような気がした。

そのとき、ふと背中で声がした。ふり向くと若い女が立っていた。高校生くらいの年齢に思えたのでまさか先生だとは思わなかった。それがランだった。彼女が何か言った。ベトナム語だった。源蔵がベトナム人だと思ったのだ。源蔵が何も応えないでいると今度はゆっくりとした英語で「あなたは誰？」と聞いたのだった。

あのとき、彼女が言った言葉を今でも覚えている。

――この村が好きなの。この村で生まれて育ったんですもの――

そう言って風の吹いてくるメコン川のほうを眺めたのだ。


CH-53のエンジン音が聞こえてくる。空気が震え、地面までもが揺れてくる。

「あの村が好きなの。それは、どうしようもないことなの」

何かを見すえたまま言った。

「やっぱり、今でもそうなんだね」

わかっていた。わかっていながら、源蔵はどこかで、ランがあのときと変わっていることを望んでいた。それまでのすべてを捨て、源蔵との新たな世界に飛び込んでゆくことを……。

「あなたは日本人でしょ？　なのになぜアメリカへ行こうとするの？」

そんなこと源蔵自身わからない。

「今は、アメリカへ行くしかないんだ」

嘘ではない。日本政府が手配した邦人救出用の日航特別機はマニラで足止めをくらっているらしい。だが、源蔵は端（はな）からそれに乗るつもりはなかった。

「でも、いつか日本へ帰るんでしょ？」

「そんなこと……」

――君に言われる筋合いはない。

「帰るべきよ。私、いつも思ってた。あなたには日本に何か大切なものがあるはずよ」

――大切なもの？

「そんなこと、君に何が……」

何がわかると言うのだ。

「あなたは、ときどき遠くを見ていた。それは私には見えなくて、決して入っていけないところ……」

源蔵の目をじっと見る。

――君の入っていけないところ……。

ヘリポートのほうから、早くしろ！　という声がかかる。

「行って。早く」

ランの目がうるみ、ひとすじこぼれ落ちた。

すでに迷いをふり切った女の手をひいていく力は、源蔵にはもうない。せめて、手をとり、抱きしめ、言葉にできない想いを肌のぬくもりに残そうとした。

M16を腰に構えた海兵隊員がすぐそばまでやってきて早くヘリに乗るよう催促した。

源蔵は乗員に後部乗降口（ランプ）をしばらく開けておくように頼んだ。

一瞬、彼は怪訝な顔をしたが、開いた乗降口の先にアオザイの女が立っているのに気づき、納得したようにOKのサインを出した。

エンジンが狂ったように唸りだす。回転翼(ローター)の送りだす暴風が砂埃と枯れ草をまき散らす。白いアオザイの裾が強風に煽られた旗のようにひらめく。ランの黒い髪が乱れてなびく。それでもランは立ったまま源蔵のほうを見ている。

―いつか日本へ帰るんでしょ?―

エンジン音の中に、彼女の声がよみがえる。

―この村が好きなの。この村で生まれて育ったんですもの―

風に煽られながら、そう言っている声が伝わってくる。

ランが、みるみる下に、遠くなってゆく。それでも彼女は顔を上げて、手をふっている……。

――俺は君とは違う。離れがたい故郷なんて……。大切なもの、なんて……。

ランの姿はすぐに、あまりに早く白い点になってしまった。


サイゴンの街と田園を分けるように黄土色の川が流れている。田園の奥に濃い緑の熱帯林が広がる。あのどこかにランの故郷はある。

だが、源蔵には……。

五

「まあ、そういうことだ」

源蔵は長い話を終えると、深いため息をついた。

食器棚の上に置かれた電波時計の液晶文字は午前三時を表示している。大輔は、いつもなら爆睡しているはずの時間なのに眠気に襲われるどころか、かえって目は冴えていた。母親の恵子もじっと聞いていたが目はしっかり見開いている。そしてテオという男は日本語がわかるようで、源蔵の話にときどき小さくうなずいている。家族三人と見知らぬ外国人が小さな座卓を囲んでいた。

今まで源蔵は昔のことに触れるのを避けていた。大輔も、きっと何かある、とは思っていた。だが、こんなとんでもない話だったとは思ってもいなかった。だが、そうであれば、このテオという男はおそらくベトナム人なのだろう。源蔵とはいったいどういう……。

「で、言っておかなければならないことがある。じつは俺もつい最近知ったことだ」

源蔵はそこで言葉を切り、大きく息を吸った。そして、

「今話したグエン・ティ・ランという女性と別れたとき……」

また言葉につまって下を向く。が、意を決したように顔をあげた。

「彼女は子を身ごもっていたんだ」

俺は気づかなかった、と源蔵は蚊の鳴くような声で言った。

大輔が初めて見る父親の深い悔恨の表情だった。

「こいつの名は、グエン・バン・テオ。ランの子だ。つまり……」

俺の子だ、とかすれた声で言った。そして同時に頭を下げた。それはまるで恵子と大輔、そしてテオという男に向かって詫びているかのようだった。

遠くで波の音がした。南風なのだろう。海岸道路を走る車が減った深夜は風に乗って波の音だけが聞こえてくる。四人はしばらく口をつぐんでいたが、恵子が口を開いた。

「お歳はおいくつ？」

テオのほうを向き、ゆっくりとした言葉で聞く。

「私は、今、三十八歳です」

日本人とほとんど変わらない発音で、むしろ丁寧な言葉づかいだった。

――俺より歳上か……。

考えてみれば当然だ。だが顔つきから見て同じか少し若いくらいだと大輔は思っていたのだ。

「どうして日本へ来たのですか」

問いつめるふうではなく、ホームステイに訪れた外国人に話しかけているかのようだった。

「仕事で来ました。私はベトナムへ進出してきた日本企業の工場でシステム開発の仕事をしていました。でも、二年前に日本へ来て、ベトナムに工場を作ろうとしている会社のＩＴコンサルティング、しています」

テオは大きく優しそうな目を恵子に向けて話しはじめた。

生まれたのは一九七五年の十一月。ランが源蔵と別れてから七ヶ月後。ランの故郷、つまり源蔵とランが出会ったメコンデルタの村だという。

五歳のときに母親の親戚に託されて国外へ脱出することになった。いわゆるボートピープルだ。母親のランは残ったが、当時は食糧も手に入らないほど経済は混乱していて子供だけでも何とか生かそうとしたらしい。だがその計画は失敗に終わった。

「海賊に襲われました。とても怖かったです。女の人は……」

テオはそこで声をつまらせた。

「漂流しているところを外国の貨物船に救助されたのですが、結局本国、つまりベトナムに送還されました」

恵子の目が潤んでいるのを大輔は見た。

「お母さんは、戦争で荒れた農村を再生する仕事をさせられていました。でも、運が良くて、希望がかなって故郷の村で小学校教師の仕事を任されるようになりました」

そこで源蔵が小さくうなずき、そっと目がしらをおさえるのを大輔は見た。

「私が十一歳になったころからドイモイが始まって、いろいろなことがだんだん自由にできるようになりました」

大輔が「どいも」と小さく口ずさんだのをテオがすかさず見てとったようだ。

――土芋（どいも）？　何だそれ？

「ああ、ドイモイというのはですね。そう、私が生まれたころ、国が社会主義の共和国に統一されたのですが、経済はなかなかうまくいきませんでした。まともに生活できないのですから、私のように国外逃亡しようとした人たちもたくさんいました。そこで政府、つまりベトナム共産党ですが、それまでの社会主義経済をやめて市場経済、つまりアメリカや日本のような資本主義のやり方に変えて、海外からの投資も受け入れる政策に転換したのです。ドイモイのドイは変化、モイは新しいという意味で、日本では刷新と訳されてます」

日本語でのわかりやすい説明に、大輔はテオという男の知性的な人柄に感心した。

「ドイモイのおかげで教育も自由になりました。私も高校はホーチミン市、ああ、昔のサイゴンですね。村を出て都会の学校へ行きました」

大学では経営学とＩＴを学んで外資系のＩＴ企業に就職したという。

「私が二十三歳のとき、お母さん、死にました。そのとき、死ぬ前、初めてお父さんのこと、聞きました」

そこで源蔵のほうをちらりと見る。源蔵はじっと座卓を見つめたままだ。

「でもお母さんは、お父さんに会いに行ってはだめ、言いました。そのときはなぜかわかりませんでした。でも、今はわかります」

恵子を、そして大輔を見る。大きなくるりとした目が優しそうだった。大輔は一瞬、ランという女性の面影をそこに見たような気がした。

「でもそのとき、お母さんは教えてくれたのです。私が五歳のとき、船で国を脱出させようとしたとき、そのときはお父さんへの手紙を私に持たせた、そう言いました」

そのころは誰もがみな必死だった。だからたとえ源蔵に迷惑がかかることになったとしても頼ろうとしたのではないか、とため息をつく。

「でも今は、もう会いに行ってはだめ、言いました。それでもお父さんの名前と、エノという島で生まれたこと。そして今はその島に近い岸にあるコユルギという村に住んでいることを教えてくれました。きっと、人は自分のルーツだけは知っておかなければいけない、と思ったのでしょう」

母の言いつけは守るつもりでいたという。しかし、しだいに日本人の父への想いがつのり、仕事で日系企業とのつき合いもできて、いつしか日本へ行ってみたいと思うようになったという。

「二年前日本に来ました。でも最初のころは仕事がとても大変で休むこともなかなかできませんでした。一年過ぎて、やっと休みがとれるようになりました。イソウラ・ゲンゾーという名前とコユルギをキーワードに探しました。コユルギが〈小さく動く〉と漢字で書くの知ってる人、日本人でも少なかったですね」と言って小さく笑う。

「でもなんとか小動漁港というのがわかって漁業協同組合の名簿、見つけました。そして……このまえ、初めてお会いしました」

また波の音がした。

——この人と俺、もしかして兄弟、ってこと？

しかも向こうのほうが兄ということになる。じつに妙な気分だ。それでも、父親に隠し子がいたというような陰鬱な感覚はなく、長い不遇の過去を背負った人間どうしがようやく会えて本当に良かった、と心の奥底から思った。

「結局、日本へ帰ってきて、落ち着いたのがここだった」

今度は源蔵が告白するようにぽつりと言った。

「届くかどうかわからなかったが、ランの故郷の村宛に手紙を出したんだ。そうしたら一度だけ返事が返ってきた。元気でやっている、と書いてあったが、子供のことは何も書いてなかった」

その後は何度手紙を書いても返事はなかったという。

「漁港の防波堤でテオに声をかけられて、話を聞いたときはたまげたよ」

そのときを思い出すような目をする。

「お母さんの言いつけを守らないでこんなことになってしまいましたが、みなさんには、もうご迷惑かけないようにします」

言ってぺこりと頭を下げる。

「迷惑だなんて、きっとお母様もわかってくれると思いますよ。きっと」

恵子が目に涙をためながらも微笑んでいる。母親のそんな表情を見て、大輔はほっとした。

源蔵が恵子の言葉にうなずいている。こんなしおらしい父親を見たのは初めてだと大輔は思った。おそらく妻である恵子に胸の中で感謝しているのだろう。言葉には絶対出さないだろうが……。

「小さいときの私のベトナム脱出が失敗して本当に良かったと思ってます。もし、うまくいって日本に来ていたら大変なことになってました」

テオが笑顔で言った意味を、大輔もすぐにはわからなかった。だが源蔵を見、そして恵子の顔を見、目と目が合って、やがて苦笑がもれてゆく。当時のそれぞれの歳を逆算してみると、もしテオがボートピープルとして日本に来ていたら、ちょうど源蔵と恵子が小動で再会したころだ。そんなところへ、テオが母親の手紙を携えてひょっこり現れていたらどうなっただろう。もしかしたら大輔はこの世に生れ出てこなかったかもしれない。

——たしかにテオの言うとおりだ。

まだ日の昇らない静かな小動の漁師町。その片隅の一軒で時ならぬ笑い声があがった。

テオは、これからもときどき磯浦家に遊びにくるだろう。そんなつき合いをしていく約束をして東京へもどっていった。磯浦家にとっては思いもよらなかった親族がひとり増えたことになる。アジアの新興国ながら急成長している国の青年実業家。大輔にとっては少々眩しい存在だ。その青年実業家の兄が、ひとつだけ気になる話をしていった。それは源蔵が最近たびたび暴漢に襲われることと関係がありそうだ、と大輔は睨んだ。

*

——今日の昼飯、何かな。

大輔は冷蔵庫を開けてみる。扉側に開封済みの牛乳の一リッターパックがひとつ、缶ビール、味噌、バター……、冷凍室には鯵の干物が一枚。じつに閑散としている。日曜日、大輔は母の恵子と二人で昼食をとることが多いが二人分の食事になりそうなものが見当たらない。念のため携帯に電話してみる。

「あ、母さん？　今日、昼、どうするの？」

―ああ、そういえば何もなかったわね。どうしようか？―

「たまには外で食べる？」

―そうしようか？　今度新しくなったファミレスがあるでしょ―

おそらく今、恵子は漁港から海岸通りをはさんで目の前にある二階建てで窓ガラスの大きな建物を見て言ったのだろう。以前そこは和食系のファミリーレストランだったが客の入りが悪く、つい先月イタリアン系洋食の店に衣替えしていた。

「ああ、あそこ？　俺、まだ行ったことないし、いいね。そこ行ってみようか」


漁港が下に見えている。大輔は恵子と二人、二階窓際の席に座っていた。日曜日はシラス漁船や釣り船にとって書き入れ時で船はほとんど出払っている。源蔵も午後の三時ころまでは沖にいるだろう。防波堤の向こうには海面をはさんで江ノ島ヨットハーバーのマストが林立している。そこはレースやレジャークルーズで出港するヨットがどんなに多くてもハーバーが空になることはない。陸揚げのバースも満杯で空きを待っている状態らしい。

「見晴らしはいいね」

料理のほうは食べてみなければわからない。大輔は写真入りのメニューを広げた。値段がかなり安めに設定されているので若者のグループが目立つ。ドリンク・バーで長い時間たむろしている高校生も多いらしい。

「やっぱりパスタとかピザが多いのかしら」

恵子がメニューをのぞきこむ。

「ハンバーグなんかもあるけど、やっぱりイタリアンのほうが旨いらしいよ」

浩一からそう聞いていた。先週、美枝ちゃんと来たらしい。

「へえ、ボロネーゼって言うんだ」

メニューの写真をじっと見る。

「それがどうしたの?」

「昔はスパゲティ・ミートソース、って言ったのよ、これ」

「ミートソースね。じつにストレートなジャパニーズイングリッシュだね」

「喫茶店にはナポリタンていうスパゲティもあって、ケチャップ味で甘かったわ」

「ふうん、それ、いつごろの話よ」

ちょっとからかってみただけだった。

「お母さんがまだ学生だったころ」

ため息をつくように言った。

「ああ、母さん、M大学だもんね。東京の」

何気なく言っただけだ。自分のような地方の私大にくらべれば名の知れた東京の大学が少々眩しくもあった。なのに、恵子の目にふっと翳りがさしたかに見えた。

「大学で何やってたんだっけ？」

これも軽く聞いただけだった。なのに、恵子の口が何かを言おうとして小さく動くが言葉に出てこない。

「学部だよ。文学部だっけ？」

深い意味で聞いたのではない、と言ってやりたかった。

「ええ、あ、そう文学部。でも学科は社会学だったから……それに、母さん、あんまりまじめに勉強する学生じゃなかったから」

口ぶりが揺れる。昔のことになるといつもそうだ。だから大輔はあまり深入りしないようにしている。大学まで出た女が漁師の女房になり、シラスを茹でたりワカメを干している。きっと何か事情があったのだろう。

「まあ、大学の学部なんてね。俺も経済だったけどさ、新聞の経済記事見てもよくわかんないし」

大きくため息をついてみせ、窓の外へ顔を向けた。

「でも、父さんの話にはまいったよね」

話題を変えた。

「ほんとにね」

少しだけ目を伏せる。

「俺に、突然兄弟ができちゃったんだもんな」

おどけてみせた。ふつうならば冗談で言えることではない。だが、そんなふうに言える雰囲気が家族の中にできつつあった。テオは隠し子などではなく、大輔にとっては、今まで会ったことのなかった遠くの従兄弟(いとこ)がひょっこり訪ねてきたような感覚で受けとめることができた。もちろん恵子のほうはそう単純ではないだろう。それでも源蔵と再会する前の話だ。割り切ることもできなくはない。

恵子はボロネーゼを注文し、大輔はアラビアータにパンとミネストローネスープを付けた。値段は安かったが、ボロネーゼは昔のミートソースよりずっとおいしいと恵子は笑った。

「じつはね、母さん、お父さんの話聞いてほっとしたの」

ドリンクバーからコーヒーを持ってきて、砂糖を入れ、スプーンを置くと、恵子がぽつりと言った。ほっとした、という言葉が嘘ではない表情だった。

「大輔には言わなかったけど、年金のこと」

「年金？」

「ほら、お役所のほうで年金の記録がおかしくなっちゃって大騒ぎになったことがあったでしょう」

「ああ、あったね。そんなこと」

自分には関係ない。年金制度はいずれ破綻して自分の時代には給付されるかどうかすら怪しいものだ、と大輔は思っていたのであまり興味もなかった。

「〈ねんきん特別便〉ていうのが送られてきてね」

「あ、うちにも来たんだ」

大輔にも来ていたはずだという。すべての年金加入者に送付され、加入履歴に漏れや誤りはないか確かめなさいというものだ。

「じつは、父さん、未納になってる期間があってね……」

「ああ、ベトナム行ってたころだ」

「そうなのよ。でも、あのときは知らなかったから……」

「なるほど。そうだよね」

恵子のほっとした、という言葉がようやくわかった。

「ずっと、気になってたの」

眩しそうに外を見る。

「この人、このころ何やってたんだろう、って?」

大輔は言って母親の目をのぞき込む。と、恥ずかしそうに小さくうなずいた。

「刑務所にでも入ってたと思った?」

言ってコーヒーをひと口すする。軽い冗談だった。なのに恵子は、心底どきっとしたような顔をした。そして、じつは……と小さく言った。

「父さんが、昔は乱暴者だったの知ってたから」

ふっと小さく笑う。

「ふうん、亭主を信じてなかったんだ。そりゃあ問題だな」

茶化して言うと、恵子もようやく恥ずかしそうに笑った。そして午後の陽が射してきて眩しそうに顔をしかめた。

母はずっとそんな想いを抱えながら生きてきたのだ。信じていなかったというより、たとえそんな男であったとしても寄り添って生きようとしたのだ。

「でも父さん、何で帰ってきたのかな、日本に」

源蔵の話を聞いてから、大輔はそれをずっと考えていた。日本を捨てるようにして飛び出していったのではなかったのか。そして、ベトナムからいったんアメリカへ行ったはずだ。なのに……。

「そりゃあやっぱり日本人だからでしょう」と言って江ノ島を見る。そして「それにベトナムがあんなことになってしまって……」と弱々しく語尾が消えてゆく。

恵子も自信があって言っているわけではないのだろう。

――ベトナムがあんなことになってしまったから？　だったら愛した女を置いてでも去ってゆくのだろうか。

その疑問は母の前で口にできなかった。

ランという女性も源蔵とのことより故郷を選んだのだ。二人にとって、それほど故郷というものが重いものだったのだろうか。

「父さんにとってはあの東浦が生まれ故郷だもんね。それが埋め立てで無くなっちまったんだもんな」

大輔はヨットハーバーを見つめた。白く角ばったコンクリートの塊が横たわっている。それは父、源蔵にとって見たくもない恨めしい物ではなかったのか。自身でそう言っていたではないか。

——それなのに、どうして帰ってきたのだろう。

母は長い年月、心にわだかまっていたものを溶かして洗い流すことができたようだが、大輔のほうは小さなわだかまりを抱きはじめていた。

「無くなっても……やっぱり、見えるのかもしれないわよ」

ヨットハーバー、いや、かつての東浦をじっと見つめる。

「母さんには見えるの？」

聞いて顔をうかがうと、恵子は遠い島影を見つめながら、うっすら微笑む。そして、小さく、見えるような気がするわ、とつぶやいた。

大輔もヨットハーバーに目をやる。

自分にとって、ヨットハーバーは生まれたときからある。白いコンクリートの護岸にマストの林立する眺めは毎日あたりまえのようにあり、それは心落ちつく風景であって、もしそれが無くなってしまえばじつに寂しい。

子供のころ、沖に浮かぶ亀の子のような島、そのヨットが出入りする港を抱えた江ノ島は冒険の島だった。あの島へは行ってはいけないという父親の言いつけは、冒険という子供にとっての一大事を前にして守られることはなかった。冒険によって子供たちの絆は作られ、それに加わらなければ仲間から除け者にされた。稚児ヶ淵の洞窟探検では蝙蝠の大群に遭遇し、それが一斉に羽ばたいて向かってきたときは大パニックになった。怖くもあったが胸躍る大冒険だった。そのとき一緒だった連中と今酒を飲めば必ずその思い出話に花が咲く。だが大輔はヨットハーバーへ行くことが、じつはいちばん楽しみだった。とりわけ外洋に出られるクルーザーを見るのが好きだった。マストは高く空を突き刺すようにそびえ、ときにはカモメが羽を休めている。器材を積み下ろすヨットマンたちの姿に憧れた。クルーザーには船室(キャビン)がついていて、あの中はどんなふうになっているのだろう、とその小さな窓を見ていた。

ある日、子供三人で桟橋から一艘のクルーザーを眺めていると、オーナーらしい男が声をかけてきた。

「君たちよくここに来ているね。どうだい、乗ってみるかい?」

父親よりも少し年上に見える男だった。口のまわりに濃い髭を生やしている。大輔たちが羨望のまなざしを向けているのを受けとめてくれたのだろう。憧れていた船室(キャビン)は想像していたよりずっと狭く、大人一人と子供三人が肩を寄せ合うようにして座った。

「君たちどこの子？」

小動だと答えると、漁師町の子ならば船は珍しくないだろう、と言いながらキャラメルをくれた。黄色い箱にエンゼルマークの、食べなれたミルクキャラメルだった。なのに、なぜかそれはいつものより甘く、ミルクの味が濃いような気がした。

「ヨットはいいぞ。風さえ吹いていればどこへでも行けるんだ」

男は水平線の彼方を見るような目をした。外洋の風の匂いが漂ってくるような男だった。

「でも風が吹かなかったらだめじゃん」

同級生の克ちゃんが口を尖らせる。

「そんなときもあるね。でも海の上というのはたいてい風が吹いているものだよ」

吹いていなくても待っていれば必ず吹く。風が吹かないでそのまま帰ってこなかったヨットなど、男は聞いたことがない、と言った。

「エンジンで動く船だったら燃料が切れたら、そこでお終いだろ？」

漁船であれば燃料が要る。燃料を買う金がないと動けない。そして燃料が切れたら船として役に立たず漂流してしまう。だがヨットは無料（ただ）の風を使って世界中どこへでも行けるというのだ。男は風に吹かれてハワイまで行ったときの話を始めた。

「島に近づくとわかるんだ。匂いでね」

「匂い？」と子供三人が同時にオウム返し。

「ああ、磯の匂いとか、土とか、草木とかだな。あのときは朝起きたら甘ずっぱい、花みたいな匂いがしたんだ。そうしたらすぐ近くに島が見えるじゃないか。それがオアフ島だった」と、髭を手でもみながら遠くを見つめる。

太平洋の海のただ中では潮の匂いしかしない。あの海藻の貼りついた磯の匂いは海辺の匂いであって外洋ではしないという。

「でもね、そんな陸(おか)の匂いがしたときは危ないんだ。いつ暗礁や磯に乗り上げるかわからんからな。よーく見張ってないといけないんだ」

男は次々と大輔たちの知らなかった世界を教えてくれた。トビウオの大群に突っ込んだとき、船室に逃げ込んだが、あとで甲板(デッキ)に出るとバケツいっぱいのトビウオが獲れて刺身や塩焼きをたら腹食ったこと。スコールが降るとシャワーのように水浴びできること。だが、月に照らされた海原に巨大な海坊主を見たとか、大ダコに襲われたという話は本当かどうか怪しいものだった。

そして、男は別れ際に言った。

「レースはもういい。ゆっくり行けばいいんだ、どこへでも。どうせ風任せなんだから……」

男はかつて東京オリンピックのヨット競技に出た選手だという。だが、そのころの大輔にとってはオリンピックよりも風だけで動く小さな船に乗って大洋を渡ることのほうが胸躍る話だった。子供にとって燃料代は大きな問題だ。だから「風さえあればどこへでも行ける」という男の言葉にはいたく感動した。お金がなくてもヨットならば世界中どこへでも行けるのだ、と……。


「そうだったの。だから大輔はあのとき、ヨットをやりたいって言いだしたのね」

恵子が笑って言い、コーヒーをひとくち飲んだ。

「だってタダってのは子供にとって魅力だよ。小遣いだってたいしてもらってなかったんだから」

「でもヨットはだめだったわね」

「ああ」

大輔は、夢の叶わなかったあのころを、ふと思い出してため息をついた。

「ヨットはお父さんのお許しが出なかったものね」

父、源蔵の言葉が、ふとよみがえる。

――あんなもんは金持ちが道楽でやるもんだ――

吐き捨てるように言った。

小学五年のとき、友だちの一人がヨットスクールへ入るという話を聞いた。住宅地に住む少年だった。いつかやりたいと思っていたヨット。小学生でもその道が開けているのを知ったときは胸がときめいた。セールいっぱいに風を受け海原を疾走する自身を思い描き酔いしれた。

母に言うと「お父さんに聞いてみなさい」と言う。恐る恐る言ってみたときのことだった。

「あんなもん、漁師の倅が手出すもんじゃねえ」

船に乗りたいのなら漁師になれ。いずれ操船やエンジンのことも教えてやる、とまったく取りつく島もない。

「漁船なんて燃料がなくなったら走れないじゃん」

ヨットならば風さえあれば走れる。どこへでも行ける。燃料もいらない。燃料を買う金もない子供にとって漁船なんて……。

「ヨットだって港に置いておくだけで金がかかるんだ」

その源蔵の言葉には、なるほど、と思うところもあった。そのときの大輔には停泊料とか保管料という概念がなかった。

——そうか、あの江ノ島のクルーザーも、あそこに泊めておくだけで金がかかっていたのか。

小学五年生にとって父親の言葉は絶対で、ただ従うしかなかった。


「でも、今となればわかるけどね。父さんがなぜあんなに反対したのか」

大輔はマストの林立するヨットハーバーを見やった。父や母にとってはあの護岸、コンクリートの塊は、あとから島にやって来て漁民を追い出し、でんと居座った侵略者だったのだ。

「でもね、もしお父さんが、ああじゃなかったとしても大輔をヨットスクールに行かせることはできなかったと思うわ」

「え、何で？」

「だってそんな余裕なかったもの、あのころうちは」

ヨットスクールへ行かせるにも金はかかる。塾へ行かせる余裕すらなかったのに、と言う。

「あ、そうか。そうだよね」

二人して笑いがもれる。

「うん、そうだよな。そっちのほうが大問題だ」

そう考えれば気分がすっきりする。親の考え方の問題ではなく、経済的に◯か×か割り切るしかなかったのだ、と。

ヨットスクールに入った同級生は住宅地の少年だった。住宅地に住む人は、かつては裕福な別荘族だったり、東京や横浜へ通勤する実業家や会社員の家庭が多く、概して漁師町より経済的に豊かだった。

ふと大輔は子供だったあのころをまた思う。

小動地区の小学校、中学校は住宅地から通う生徒と漁師町から通う生徒がいて、それぞれのグループでかたまる傾向があった。言葉も、住宅地の生徒は標準語だったが、漁師町の生徒は、いわゆる小動弁と言われる漁師町特有の言葉で、語尾にねえ、さあ、よおを付けることが多い。

先生と話すときは意識して標準語にしていたが、友達どうしため口で話すとつい小動弁が出た。それは今でも変わらない。小学校では粗野で下品な言葉は使わないよう指導があったが、中学に入ると先生もあまり煩いことは言わなかった。というのも、漁師町の不良グループが恐喝事件を起こして補導されたり、学校内を荒らしまわったりしたこともあって手荒な仕返しを恐れた教師が厳しい指導を避けているふしもあった。住宅地からは漁師町の生徒はみんな粗野で下品な不良と嫌われていた。粗野で下品は別にしてもすべてが不良というわけではなかったのだが……。

―ねえねえ、聞いた？　白井さんが須藤君にバレンタインチョコ送ったって話。あれ、本気（マジ）だったみたい―

夕陽の射し込む放課後の教室が、ふと思い浮かぶ。

女子生徒が二人、顔を突き合わせて話していた。大輔が体操着を取りに入っても気づいているのかいないのか構わず話し続けている。

―えっウソ、本当？―

―だってあたし、本人から聞いたもん。ホワイトデー返ってきたって、すっごい嬉しそうにしてた―

―ええ、ショック！　あたし須藤君、ちょっとチェック入れてたのにい―

大輔は何食わぬ顔で体操着を取り、廊下へ出た。が、「すっごい嬉しそうにしてた」と聞いた瞬間、バットで殴られたような衝撃を受けた。というのも……。

テニス部だった白井佐知子がコートでラケットを振る姿を密かに遠くから見ていたのだ。授業中も、そして夜寝る時も、その姿を想い浮かべていた。廊下ですれ違ったとき、一瞬、甘酸っぱいリンゴのような香りが漂ったような気がして心ときめいた。けれど、ほとんど口をきいたことはない。だからバレンタインチョコをもらえなかったことで落ち込むことはなかった。あんなもの、知り合いにみんな義理で配っているのだろうと思っていたから……。なのに、じつは本命があったのだ……。

―あんた須藤君にチェックなんて十年早いわよ。彼、人気あるんだから―

追いかけるように教室の中から、まだ会話が漏れてくる。「人気あるんだから」と言われた須藤政夫は住宅地の生徒で小学校のときからヨットスクールに入っていた。ヨットパーカーを羽織り、黄色のマリンブーツを履いたその少年が眩しかった。大輔が叶えられなかった夢をすでになんなく手に入れている、あの同じ小学校の同級生だ。大輔にとってはまたしても、という想いだった。

―白井さん、小動の子には義理チョコも配ってないって言ってた―

―当然でしょ。あの子たちって、なんか魚臭いっていうか、鯵の干物みたいな匂いしない？―

―ハエがたかってるんじゃない―

とたんに甲高い笑い声があがる。

落ち込んだ気分に駄目押しの二発目を食らった。

「まあ、ヨットには縁がなかったけどさ。かわりにウインドと出会えてよかったよ、俺」

胸の奥に淀んでいる疼きを払いのけるように光る海を見た。

源蔵もヨットスクールへ行かせなかった負い目があったのか、大輔がウインドサーフィンを始めたときには何も言わなかった。

「まあ、母さんたちにとってヨットハーバーは故郷を占領して潰しちまった憎き敵なんだろうけど、俺たちにとっては生まれたときからある見なれた風景なんだよな」

大輔は窓の外に浮かぶ島と白いコンクリートで固められたハーバーを眺めた。生き物の豊富な磯ではない。無機質な人造物ではあっても、大輔にとってはすでに風景に溶け込み、目に馴じんでいた。

「漁港が変わってゆくのも時代の流れなのかな」

ふとそう思って、こんどは手前の小動漁港を見下ろした。

環境への影響、漁業への影響、税金の使われ方を理由に漁港の拡張工事に反対する者もいる。源蔵は断固として反対している。だが大輔はこのとき、この流れはいたしかたないもの。なるべくしてなるもの。いずれはそれも受け入れられてゆくもの、というような気がして、その流れに身を任せるかのように、ふとそんな言葉をもらした。

＊

貴重な注文を一台とり、気分よく早引けしてきたときのことだった。駐車場に車を停めようとハンドルを大きく切ったとき、漁港のほうから汽笛の鳴るのが聞こえた。釣り船も釣果のあがったときは早めに帰港する。そんなとき入港する船の汽笛はとりわけ大きく誇らしげに聞こえる。大輔の受注をも祝福しているかのようで気分良く車を降りた。

駐車場から家の玄関に回ったときだった。男がひとり電柱の下にうずくまっている。見かけたことのない顔。近所の人間ではなさそうだ。年齢はちょうど親くらいか。何か苦しそうに喘いでいる。

「あの、どうかされましたか？」

そのまま通り過ぎることはできない。

男は上目遣いに大輔を見る。が、その目は虚ろで、顔面蒼白。何かを言いたそうに唇を震わせる。

「だいじょぶですか？」

大丈夫でないことは明白だった。

――ＡＥＤは？　たしか漁協に設置されていたはずだ。

このまえ研修を受けたばかりの、電気ショックで心臓を蘇生させる機械が頭に浮かぶ。だが、あれは心臓が止まったときのものだ。目の前の男は少なくとも心臓が止まっているようには見えない、が、それほど切迫したようすに見え、自分も気が動転していると大輔は思った。

「救急車を呼びましょうか?」

言いながらポケットから携帯を出す。

「やめろ。よけいなこと……」

絞りだすような声で呻きながら、大輔を睨みつけてくる。まるで敵意を抱いているかのような目だ。だが、そのままやり過ごせる状態ではない。

「でも、だいぶお加減が……」

苦しみのせいか相変わらず睨みつけるような目を向けてくる。

「やっぱり救急車を呼びましょう」

言いながら携帯のボタンに指をかける。

「だめだ。救急車はやめてくれ。タ、タクシーを……病院へ」

「病院へお連れすればよろしいのですね」

病院ならばタクシーを呼ぶより大輔の車で連れていったほうが早いだろう。

「せ、精神科クリニック、か、精神科のある総合病院がいい……たのむ……」

精神科?　少し違和感があった。が、本人が言うのだからそうするのがいいだろう。

大輔は駐車場へもどって車を出し、男を助手席に乗せた。

精神科と言われてもすぐには思いつかない。市民病院。あそこは総合病院だから、精神科もあるかもしれない。もし無くてもそこで相談すれば間違いないだろう。とにかく急がないと……。大輔は助手席の男を横目で見ながらアクセルを踏み込んだ。

受付のホールは診療待ちや会計待ちの患者たちで溢れていた。壁の時計を見ると、そろそろ一時間経つ。急患で男の受付を済ませたあと、そのまま帰ろうとしたら、付き添いとしてこのままいて欲しいと受付事務員に言われた。せっかく受注一台をとって気分よくいつもより早めに帰宅したのに、と少々煩わしかった。それに苦し紛れとはいえ男の向けてきた目つきや言動が気になっていた。あまり関わりたくない人柄に思えた。

ようやく空いた長椅子の端に座る。ふと、さきほどまでのことを思い返す。

男は、病院に着いたときには少し落ち着いたようで、自分で受付票を記入した。それでも顔色は優れずボールペンを持つ手も震えていた。

「いやあ、すまなかったね」

上から声がふってきた。見上げると男が立っている。笑顔を浮かべ、一瞬誰かと思ったが、切れ長な目と鼻筋のとおった顔つきでさっきの男とわかった。苦しんでいたときの険しい顔とは別人のようだ。

「もう、大丈夫なんですか」

「ああ、だいぶ落ち着いた。いや、こいつは持病でね」

男は苦笑いとともに情けなさそうな顔をした。大輔の隣に座っていた老人が席を空けようと腰をずらす。男が軽く会釈をして大輔の横に座る。

「サイレンとかベルみたいな音が苦手でね。突然大きな音がすると、だめなんだ。とたんに発作が出ちまって」

どうやら漁港にもどってきた釣り船の汽笛に反応して発作が起きたらしい。たしかに汽笛が突然鳴ると、慣れていない人はびくっとする。

「パニック障害ってやつでね。あいにく薬を切らしていたんだ」

「そうだったんですか」

パニック障害がどんなものか知らなかったが、あまり立ち入るのもどうかと思って聞かなかった。

「いやあ、君がいなかったらどうなっていたか」

大きくため息をつきながら首を横にふる。

「よくあるんですか？　こういうこと」

「ああ、この病気とも長いつきあいでね」

大輔への挨拶がわりか、男は自分のほうから持病の話を始めた。

「最初は狭いところがだめだったんだ。閉所恐怖症というやつさ」

どういう経緯かは言葉を濁したが、狭い所へ閉じ込められたとき最初の発作があったという。周りの世界が倒れてきて圧し潰され、暗い谷に突き落とされるような感覚、と男はそのときを思うような目をした。

「だからエレベーターなんかもだめだね」

自嘲するような笑みを浮かべる。

「それは大変ですね」

詳しい事情がわからないので戸惑いならら口先で応じる。

「でも、抑える薬はあるんだ。けっこう効くんだが……、厄介なことに、その薬に依存性があってね。医者も簡単には出してくれないんだ。さっきもずいぶんいろいろ聞かれて、ようやく出してもらったのさ」

「そうだったんですか……」

やはり曖昧な返事しかできない。この男にどんな事情があったのだろうか。暗い疑心がわきあがる。

「いや、助けてもらった人にこんな愚痴までこぼしてすまない。君、せめてお名前、教えてくれないか。あ、いやすまん、こういうときは自分から名のるべきだよな」

上着の胸ポケットから名刺入れを出し、一枚を差し出す。〈経営コンサルタント　大島敬一〉、他にはメール・アドレスだけが印刷されている。

あわてて大輔も名刺を出す。営業用で顔写真が入っている。

「ふうん、自動車のセールスされてるの……磯浦……」

名前を読み上げたところで一瞬固まったように見えた、が、そのまま磯浦大輔とつぶやくように読み上げる。言葉が途切れ、不自然な間があく。

——この人、前にどこかで会っていただろうか？

営業でずいぶんたくさんの人とは会っている。この男も自分の顔は憶えていなかったが、名前で気づいたのかもしれない。記憶のデータベースをフル回転で検索する、が思い当たらない。

「あ、いや、ちょっと知ってる人に名前が似ていたんで……、ただ、そう、似ていただけだ」

そして「へえ、自動車のセールスマンか。高い商品を売るんだから大変でしょう」と無理やり愛想笑いを作ったように見えた。

——思い過ごしか……。

「ええ、まあ、でも今日、一台売れたんです」

自分でもほっとしながらつい口走ってしまった。本当にほっとした日だったのだ。

「そう。じゃあ腕利きのセールスマンだ。いや、残念ながらぼくは免許持ってないんだが、そのうち、紹介できる人がいたら……」

口ごもりながら笑みを浮かべたのを見て、ふと大輔のセールスマン根性が刺激された。

「それはぜひ宜しくお願いします」

立ち上がり、腰を九十度曲げて深くお辞儀をする。ダメ元でも人間関係を広げておくことは大事だ。おそらくこの男も大輔に恩義を感じているだろう。何かの機会に見込み客を紹介してくれるかもしれない。

「じゃあ、これもお渡ししておきます」

鞄をまさぐる。いつも数枚は入れてあったはずだ。自分で描いた漫画風の似顔絵と自己紹介を手書きして、薄いピンク色の紙にコピーして作った手作りの自己紹介チラシをうやうやしく手渡す。と、男は手に取って目を走らせる。

「ほう、趣味はウインドサーフィン、か」

大島という男は目を細めて笑みを浮かべた。何かを噛みしめ、味わうかのように小さくうなずく。やがて、どこか柔和な表情になったかに見えた。

「ええ、家の前が海なんで、練習場所には恵まれています」

努めて快活な笑顔を作る。

「海か。楽しいかい」

どこか言葉は上の空で、心は他を漂っているかに見える。

「ええ、風に身を任せて海の上ならどこへも行けます。あんな気持ちいいもの、他にありませんよ」

「そうか。いいねえ」

胸の奥から熱い吐息を出したかに見えた。言葉が途切れ、放心したかのように間があく。そして、またチラシに目を落とす。

「へえ、オリンピック候補選手？」

「あ、それはちょっと膨らましてるって言いますか、そこにも小さく書いてありますけど、候補選手を目指していた時期があったというだけで、まあ、一歩手前まで行ったことはあったんですけど……」

照れ笑いを浮かべながら頭をかく。今までこのポーズを何度やったことか……。

「いや、それでも大したものだ」

うんうんと首をたてにふりながら感心している。

「オリンピックねえ……」

感慨深げに上を向く。そして小さく首をふり、

「私には遠い世界だ」

言ったまま放心したような顔になる。まるで天を突く孤高の頂を仰ぐかのようだ。

「ぼくにも遠い世界でした。でも、いちどだけ手にとどきそうになったことがあったんです……」

ふと、あの日が目に浮かぶ。学連のシーズン最終レースだった。

波間にゴールの黄色いブイが見えた。大輔の前には一梃のセールしか見えない。このままゴールすれば……。風を逃がすまいとブームをしっかり握りなおす。

だが……予期していなかったことが起きた。思い出したくもない。目の前が真っ白になる。フェイドアウト……

「そう、たったいちどだけでしたけど」

鼻で深呼吸し、大きくため息をついた。あの時、がフラッシュバックする。あとわずかで孤高の頂に手が掛かりそうになりながら、指先はそれを捉えられず、そのまま谷底に落ちていった……。

「そうか。いいねえ。じつに羨ましいよ」

その声で現実にもどる。男は何かを噛みしめるように言い、大輔の顔を見つめた。

「まあ、泣き言は言うまいと思うが、私には君のような、そう、青春、というのかな。そういうものはなかった」と言ったあと、思い直したかのように「いや、あったのかもしれない……」。言って目が宙をただよい、「あれが青春だったのかもしれない」と独り言のようにつぶやいて続ける。

「自分のほうから背を向けていたんだ。明るい青春、というやつに。だからこんな病気になってしまったんだが……。まあ、しかたないね。自分で選んだ道だったんだから、自業自得さ」

言葉の最後が消え入るように小さくなる。泣き言は言わないと言いながら、どうしようもなく自身の過去を悔いるような顔をした。

いったいこの男にどんな過去があったのか、大輔にはわからない。

「でも、まあ、良かったよ。いや、本当に良かった」

思い直したように大輔の顔を見つめる。

「君みたいな若者に会えて」

笑みを浮かべながら、目が潤んでいるかのように思えた。

「あ、いや、そんなたいそうな者じゃ……、代表じゃなくて候補選手にもなれなかったんですから」

とんでもなく買いかぶられたような気がして気恥ずかしかった。だが、男の目が見ているのは大輔ではない。何かを思いつめたように、

「うん、もうやめにしよう」

ぽつりとつぶやく。

「は?」

何のことだ。

「いや、何でもない」

君には関係ないことだ、と首を小さく横にふる。

「いやなに、今やってる仕事さ。もうやめにしようと思ってね」

「経営コンサルタントをお辞めに？」

何でそんな話になるのだ？

「うん、そうだな。それもだし、今請け負ってる仕事もだ」

事情はわからないが、ほとほと嫌気がさした、という顔をした。だが、最後にはどこか晴ればれとした表情になったかに見えた。


病院を出たところで大島という男と別れた。その別れ際、

―お母さん……いや、ご家族と仲良くな―

最後に男が言ったその言葉が妙に唐突で、浜にひとつ打ち上げられた流木のように、ぽつりと胸に残った。


家に帰ってから、大輔は恵子に今日のことを話した。もちろん受注が一台とれてほっとしたことだ。たいそうな仕事を成し遂げたわけではない。ちょっとした朗報にすぎない。だが、胸の中では大きくガッツポーズしている。源蔵は何も言わないが恵子はいつも喜んでくれる。そして、ふと、家の前に倒れていた男のことを思い出し、病院へ運んだ話をした。

「パニック障害って病気なんだって」

嬉しい受注報告を聞き終え、台所仕事にもどった母の背中に向かって話す。

「経営コンサルタントやってるって言ってた」

そう言った瞬間、包丁のまな板をたたく音が止まった。

——そうか、そういえば……。

「最近、コンサルタントってよく聞くよね。テオもそうだし」

恵子もそのことに反応して手を止めたのだろう。

「で、どうだったの、その人」

背中を向けたまま、何気ない声が返ってくる。

「一時間くらいして、よくなったみたい。なんか薬出してもらった、とかで」

「で、なんだって？　その人」

ふり向きもせず軽い調子で聞いてくる。人助けをしたのだから悪くは思っていないだろう。

「ずいぶんお礼は言われたけど。まあそりゃそうだよね」

そしてウインドサーフィンが趣味だと言ったら、すごく羨ましがられたことを話した。そして、

「その人、なんか自分には青春がなかった、みたいなことたらたら愚痴ってた」

あまり幸せな人生ではなかったらしい。病気になったのもそのせいだと……。

「なんか暗い人生だったみたい」

ふと、男の顔を思い浮かべる。切れ長で鼻筋がとおっていながら、どこか翳りのある顔だった。

「別れるときにさ、ご家族と仲良く、だってさ。なんか意味よくわからなかったけど」

受注一台で自分自身を労うため、茶の間で柿ピーを摘まみ、缶ビールを飲みながら台所の恵子に向かって話す。

恵子はもう手を休めずそれを聞いていた。そして大輔の病人救護を特別褒めることもなく、それほど関心も無さそうに、ただ背中でうなずいていた。

*

夕食をともにするためテオが来ていた。

まだ食卓の準備もできていなかったので源蔵と大輔と三人で茶を飲んでいると、

「漁港拡張工事に疑惑浮上、だってさ」

新聞に目を通していた大輔が神奈川版に小さな記事を見つけた。

「鎌倉市小動漁港の拡張工事で水産基盤整備事業補助金を巡って県会議員の不正な関与が発覚、だってさ。これって例の吉田さんのことだよね」

源蔵を見る。とわずかに表情が険しくなる。どれ、と言って新聞をひったくる。しばらく黙読したあと、ふう、と長く息を吐いた。

「まあ、こんなことだろうと思っていたがな」

仏頂面してひとりつぶやく。

「小動漁港のことですね」

ひと口茶をすすってテオも顔を寄せてくる。

「強引な賛同者集め工作とも書いてある、それってあの稲山って秘書のことだろうね、家(うち)にも来た」

大輔は台所の恵子に向かって言った。

「え、何ですって?」

恵子が割烹着のまま急須を持ってくる。源蔵が無言で新聞を渡す。

「名前は出てないけど、国会議員との関係も疑われるって書いてあるよね。どこから判ったのかな」

誰に聞くでもなくつぶやく。と、

「内部の事情を知っている人からのリークってことかしらね。そういうの、最近よくあるじゃない」

恵子は小さくつぶやくように言いながら急須に手をかけた。茶を注ぐ湯呑みに目を向けたまま、それ以上は口をつぐんだ。

「内部告発ってこと?　だとしたら漁協の誰か……」

つい視線が父親の源蔵に行ってしまった。それに気づいたのか、

「俺は補助金がどうのこうのなんぞ知らんわい」

吐き出すように言う。

「でも、良かったじゃない。お父さんは反対してたんだから」

恵子はさらりと言って立ち上がり、台所へもどっていった。

「ここの漁港のことは、いろいろ聞いたことがあります」

テオは、二輪車やレジャー用船舶を手掛ける大手メーカーからベトナム工場建設にあたって導入する現地システムの開発コンサルティングを請け負ったという。その商談成立の宴席で、湘南の江ノ島ヨットハーバーの対岸辺りに、近々大規模なマリンリゾート施設を建設する計画があること。もちろんインサイダー取引の問題もあるので内密の話としたうえで、ベースとなるハーバーは公共の資金で整備されるが周辺の関連施設やリゾートホテルは民間が担うので投資を募っていること、等々を聞き、もしその気があればテオも参加しないか、と持ちかけられたらしい。だが、テオは自分の専門はＩＴであるから、と断ったという。

「そんな話があったんだ。そりゃあなんか匂うね」

水産基盤整備事業補助金という公金を踏み台にしてリゾート開発が行われる。その資金を巡って議員やブローカーが暗躍する。あってもおかしくない話だ。

＊

——どうも英語は苦手だ。

きっとまた釣り船の予約だろう。ときどき電話してくる横須賀米軍基地の将校からだった。たまたま大輔が出たが、あいにく源蔵はいない。いつものように防波堤にいるのだろう。携帯を持たない源蔵に、折り返し電話するよう伝えに行かねばならない。

通りへ出ると組合長の添田の姿が目に入った。だが、向こうは大輔を見るなり、すっと横道へそれた。漁港拡張工事の疑惑報道以来、添田は人の目を避けるようになった。新聞記者らしい人間もうろついている。漁港拡張工事は見直しとなり改修に縮小される方向になったが、記事になるのは地方版だけで、結局国会議員の名は挙がってこないまま事件はうやむやになりつつあった。

漁協事務所の前で顔見知りの漁師一家と出会った。いつもジャンパーに鉢巻き姿の主人が今日はジャケットを着、奥さんも地味ながらよそ行き姿だ。

「おや、お出かけですか」

「ああ、墓参りだ」

そう言って、手に提げていた仏花を示した。

そうか、今日はお彼岸だったか、と大輔はうなずいて、いってらっしゃい、と子供たちに手を振った。

ふと、いつか母と行った江ノ島西浦の墓地が目に浮かぶ。化野のような寂れた急斜面に、祖父母の墓石が夕日に照らされていた。源蔵とともにそこを訪れた記憶はない。墓参りに向かう家族のうしろ姿を見送りながら、うちはいいのだろうか、という思いが微かに疼く。が、それもすぐに消えていった。シラス漁が解禁になった漁港はシラスの匂いが漂っている。その春の香りが胸を軽やかにしてゆく。

防波堤の上に数人の人影が見える。そのほとんどは釣り人だ。その中で釣り竿を持たずに仁王立ちしているのが源蔵だろう。大輔が声を掛けようとしたときだった。源蔵が傍にいた若い男へ何か言ったかに見えた。すると男がそれに応じて怒鳴りはじめた。どうやら海に空き缶を投げ捨てたことを源蔵が注意したようだ。男は他に二人の連れがいる。角刈りやパンチパーマであまりガラが良くない。町の人間ではなさそうだ。

「なんやねん、おっさん」

若い男が恫喝するように言うなり海に唾を吐き捨てた。と、みるみる源蔵の形相が変わる。これはまずい、と思った大輔は防波堤に駆け上がった。が、すでに源蔵は若い男たちに向かって手をあげようとしている。だが……

「うえ！　汚ねえ！　この親父、ゲロしやがった」

見ると、源蔵は殴りかかろうと腕を構えたまま前のめりになり、下を向いている。

「おい、行こうや。こんな親父、相手にすんのもアホらしい」

男たちは忌み嫌うような目を向けて去っていった。

「父さん、だいじょぶかい」

大輔は源蔵に駆け寄る。

「ああ。あいつら……」

コンクリートに飛び散った汚物を見つめながら源蔵は呻くように言った。

——初めて見た。

父親が人に暴力をふるおうとした。かつては暴れん坊だったと話には聞いていたが……、暴力をふるえなくなったことも知った。なのに、今なぜ？　ガラのよくない若者のマナーの悪さに憤慨した？　それにしても、ただ空き缶を投げ捨てただけだ。殴り掛かるほどのことだったのか？

下を向く源蔵の横顔を見ながら大輔は父親の胸の内を読み取ろうとした。

*

「あ、江ノ島、決まったんだ」

テレビ画面に目をすえたまま、大輔がつぶやいた。夕飯の食卓についていた源蔵と恵子も、つられて画面を見る。

二ヶ月ほど前、すでに決まっていた東京オリンピックのセーリング会場の見直しが報道された。当初予定されていた東京都江東区の若洲は、テレビ中継のための空からの撮影が羽田空港の航空管制に支障をきたすことがわかり、代替地候補のひとつとして江ノ島が挙がっていた。

「やっぱり江ノ島になったのね」

恵子もぽつりとつぶやく。喜ぶわけでもなく、かといって落胆という顔でもない。ただ、予想されていたことを静かに受け入れるといった表情だ。それにくらべると源蔵の表情はかたい。

「やっぱり、ここしかないでしょう」

画面に映る神奈川県知事の嬉々とした表情を見ながら、大輔はため息とともにつぶやいた。東京からの距離、マリンスポーツの歴史、そしてなにより、かつてのオリンピック会場であったことから世間の予想は江ノ島に傾いていた。だが、大輔にとっては少し違った思いもある。地の底でマグマがふつふつと煮えたぎり、かすかに大地を震わせたような気がした。

とはいえ……。大輔は源蔵の顔を見る。父にしろ母にしろ、かつてオリンピックのために故郷の島を追われた過去を背負う二人は今日の決定をどう受け止めるのだろう。

そしてテオは別の視点で今日の決定を予見していた。マリンリゾート資本が寄生しようとしていた小動漁港拡張工事が頓挫したということは、その代わりを求める。行く手を塞がれた資本は別の標的を探す。そのターゲットは公共の資金が潤沢にあって世間が注目する場所。となればオリンピックはその最大の狙い目だ、と。マリンリゾート資本がオリンピックを呼び込む。江ノ島にふたたび開発の手がのびる。かつてはそれで東浦が消えた。ふと、大輔の目に、夕日に照らされた西浦の墓地が浮かぶ。管理の行き届かない荒れた墓地が開発で潰されるのはよくあることだ。

「ねえ、父さん。いちど聞こうと思っていたんだけど、磯浦の家のお墓はどうするの？」

ずっと胸の奥につかえていたものを吐露した。

「うん？　なんだ急に」

たしかに唐突ではある。だが、今聞いておかなければ手遅れになるかもしれない。

「あの西浦にある墓だよ。お祖父さんとお祖母さんが……、父さんにとっては父さんと母さんが入っているんじゃないの？」

源蔵の目を覗き込む。その奥にあるものを見逃さないために。

「西浦の、あの墓か……」

一瞬、それを浮かべるような目をする……が、

「あそこに、親父とおふくろはいねえ」

ふっと、目線を緩める。

「え？　だって……」

思わず恵子の顔を見る。二人だけでささやかな墓参りをしたときのことが目に浮かんだ。と

恵子も驚いたような顔をしている。

「まあ、いつか話そうとは思っていたんだが……」

茶碗と箸を卓袱台に置く。いつになく神妙な顔になる。

「親父とおふくろは海の中だ。散骨したのさ」

「散骨？　て、どこに」

「すぐそこだ。この小動と東浦の間にな」

―俺はこの東浦を離れるつもりはねえ。死に場所はここしかねえ。ここをいつまでも見ていたいんだ―

源蔵が江ノ島の家を出るとき、父親は最後にそう言ったという。

「それが親父の遺言だと思った。だからベトナムへ立つ前、俺もどうなるかわからんかったし、いちど江ノ島にもどってそうしたんだ。西浦からじゃ東浦の海が見えねえからな」

＊

遠くの海水浴場の旗が勢いよくひらめいている。

――この風だったらかっ飛べるな。

ウインドサーフィンをするのは久しぶりだ。もう何ヶ月もボードを浜に出していなかった。

けれど朝から吹いている暖かな南風に誘われ、それに身を任せてみたいと思った。風の中に自身のルーツがあるような気がした。大輔の祖父と祖母がこの海の中に眠っている。その上でウインドサーフィンをすることは不謹慎だろうか。いや、自分はこれまでも見守られていたのだ。ようやくそれがわかった。この風の中に、波の中に、会ったことのない祖父母の魂が溶け込んでいたのだ。

今日はこの風に包まれながらかっ飛ぶ。そう胸の中から声がした。

源蔵はこの海を穢したくなかったのだ。だから防波堤の延長で東浜がヘドロの海と化すことを恐れて拡張工事に反対し、空き缶捨てにさえも憤りを抑えることができなかった。

——俺はウインドで祖父(じい)さんと祖母(ばあ)さんに会いに行くんだ。

学生時代から使っていたミストラル艇は重く、セッティングも面倒だ。台車に乗せて家から浜に運んでくるだけで汗をかいてしまう。ブームをマストに取り付けるにも最近のものとは違って細綱(シート)で縛りつけなければならなかった。

泳ぐだけならばトランクス一枚でよいがウインドをやるときは怪我を防ぐために、暑いさ中でも袖なし膝うえのウェットスーツを着る。セールを張り、マストをボードに取り付けたときには全身汗だくになっていた。

風向きは南。沖から吹く向かい風なので、斜め沖に向けてビーチ・スタート。風に対して斜めに切り上がるクローズ・ホールドなのでスピードはそれほど出ない。しばらくは風に向かって方向転換するタッキングを繰り返しながら少しずつ沖へ出てゆくしかないだろう。だが沖の正面には江ノ島ヨットハーバーがある。あるていど沖へ出たら江ノ島と小動漁港の間を抜けて外海へ出るつもりだ。

何度かタッキングし百メートルほど出たところで、今度は風を真横に受けるアビームでヨットハーバーを迂回してゆく。外海に向かってぐんぐんスピードが上がってゆく。やがてボードの下から細かい振動が伝わってくる。風でざわついた小波の上をホップしながら滑空するプレーニング状態になった。ボードの底を波頭が叩く。その小刻みの振動が足裏に伝わってたまらなく気持いい。大輔は胸の中で叫び声をあげた。漁港とヨットハーバーの間を抜け、七里ヶ浜沖の外海に出たとたん、握ったブームにガツンという手ごたえがきた。大輔はこの海の風の通り道がよくわかっている。それを知らない者であったら、とっさに反応できずそのまま体ごと持っていかれ、吹っ飛ばされてしまったかもしれない。風を遮っていた島の影を抜けて広い海原に出たとたん、そこを吹き抜けてきた風をセールが直に受けてマスト、ブーム、そして大輔の握り手へと伝わったのだ。腕だけでは受けきれないほどの風圧になったので大輔はブームに付けたラインを腰のハーネス・フックにかけた。すると今度は風の力を腰で受けるようになる。腕は楽になるが体を持って行かれないよう腰を落とし、上体を背後に倒して風を受け、海原をかっ飛んでゆく。ウインドサーフィンをやっていて最もエクスタシーを感じる瞬間だ。

今、俺は風の中にいる。いや、俺自身が風になってゆく。

海の上で、風の中で、大輔はあの日を想った。

学連の大会最終レースだった。そのレースで好成績を獲ればオリンピック強化選手になれる。それまでのレースで大輔はそれだけの位置につけていた。

学生ボードセーリングの世界も他のスポーツと同じで東京六大学に名を連ねるような大学が強豪だ。そんなところは選手層も厚いが、神奈川の弱小校でトップ集団に入っているのは大輔だけだった。

レース前、強豪校チームはみな入念なミーティングを行う。戦術や戦略を熟知した指導者が綿密な指示を与えているらしい。しかし、もともと同好会だった大輔のチームにはそんな指導者もいない。であれば姑息な作戦を練るより、風を掴み、それを最大限に使って艇にスピードをつけるという基本に徹するのが最良の作戦だ。というよりそれしかなかったというのが本当のところだった。レース前のミーティングも冗談交じりの軽い会話で緊張をほぐすのが関の山で、実際にそれで結果を出してきた。シーズン成績も大輔はトップにつけている。

――このまま行って最後で勝負をかければ強化選手。

そう思ったとたん緊張が走る。これで俺も表舞台に立てるかもしれない。子供のころから勉強は中の上と下を行ったりきたり。中学、高校ではサッカー部に入ったもののレギュラー選手にはなれなかった。何かでトップに立とう、という熱い情熱を持ったことは今までなかった。

目に入る。両親にとっては故郷を奪った仇敵のようなそれも大輔にとっては生まれたときからごくあたりまえのようにある。母から聞いた東京オリンピックのときのヨットハーバーのようすを想像してみる。そのときはまだボードセーリングはなかった。だが二〇二〇年の東京大会は……。

プレーニングのエクスタシーに浸りながら想いにふけっていると、前方から一艇のウインドサーフィンが猛スピードで近づいてくるのに気づいた。

「スターボー！　スターボー！」

怒鳴るような声で先方が優先権を主張してきた。気がつけば大輔のほうは左舷にブームを出しているのでポート。先方は右舷に出ているのでスターボーだ。たしかに向こうに優先権がある。とっさにブームを引き込んで風上にターン。あわや正面衝突と覚悟したのをなんとか避けられたものの、ボードの後方（テール）をバットで叩かれたような衝撃が響いた。接触でバランスが崩れる。腰のハーネスとブームがラインで繋がったままなので、柔道で腰投げを食らったかのようにセールもろとも海面に叩きつけられた。海中で大の字になって海面を見上げる。太陽がゆらゆらしている。鼻から海水が嫌というほど入ってくる。ようやく海面に頭を出して咳きこむと、

「バッカ野郎！　てめえどこ見て走ってんだよ！」

先方も同じように放り出されたようで水を吐き出すなり怒鳴りつけてくる。向こうに優先権があったのだから言われてもしかたない。セーリングの規則（ルール）では完全に大輔に非がある。だが

それにしても言葉がやけに粗暴だ。

——やっかいな奴じゃなければいいが……。とりあえず謝るしかねえな。

「いやあ、ごめん、ごめん」

大輔は顔出しクロールで近づきながら大声で言った。

「てめえ……、あれ？」

「すいませ……、あ」

てめえと言った男の前歯が欠けている。あの見なれた顔。

スターボー艇の乗り手は勇作だった。陸(おか)では数日前に会ったばかりだが海の上で会うのは久しぶりだった。お互いボードに腰かけ、陽光の中でしばらく語り合った。海の上でピクニックをしているように……。風が、陽が、気持良い。

「どうだ、浜まで競争するか」

大輔が鎌をかける。

「おう、いっちょう勝負すっか」

勇作も乗ってきた。彼のほうは高校を出るとすぐ家業の船に乗るようになったので、地元の草レースくらいにしか出ていない。船に乗っているだけあって海風を見る目はあり、ウインドサーフィンの腕前もかなりのものだが、コースレースよりも波に乗ったり、ジャンプしたり海面を自由にかっ飛ぶほうが好きらしい。大輔は学連で鍛えたレーステクニックで勇作にひと泡吹かせてやろうと思った。

作戦通りまずは風上をとる。風上へ切り上がった分、少し遅れたかに見える。が、少し風下へ落としてスピードをつけ、徐々に勇作をブランケットに入れてゆく。やがて勇作の艇がスピードを落としてゆく。と、勇作は必死にセールを煽りはじめる。空気を掻くようにパンピングでスピードをつけようとするのだが、大輔のセールの陰に入ってしまいフレッシュな風をつかめない。勇作が何か怒鳴っている。が、よく聞こえない。それでも、その顔、胸の内を想像すると可笑しさがこみ上げてくる。確実に一艇身は離しただろう。

——勝った！

大輔は体をハーネスラインに預けたまま片腕でガッツポーズ。指でVサインを作ってうしろをふり返った。と、勇作のほうは岸に寄せる波を捕まえた。得意のウェイブライディングでぐんぐんスピードを上げて追いついてくる。今にも追いつかれそうになったとき、大輔はブローの気配を感じた。いつものあの感覚だ。その方向へ艇を向ける。とガツンという手ごたえがブームにあり、一気にボードが突っ走る。一艇身のリードを保ったまま、先に浜に着いたのは大輔の艇だった。

「へっ、汚え手使いやがって」

勇作が罵る。が、顔は苦笑い。

「汚くなんかねえべ。レースじゃあたりまえのテクニックだぜ」

自分もそれでやられたのだ。あのとき……。

「だから俺は姑息なコースレースってのが性に合わねえんだ」

お互い口では罵りあいながら、大輔はすがすがしい気分だった。おそらく勇作もだろう。

「やっぱ海はいいよな」

「ああ」

二人して浜に腰をおろし、沖を眺める。沖の正面にはヨットハーバーの岸壁が横たわっている。マストが雑木林のように立ち並んでいる。

「なあ勇作。あのヨットハーバー、どう思う?」

大輔は雑木林のようなマストを眺めながら聞いた。

「どう思うって?」

「つまり、その、俺の親にとっては、あそこは生まれ育ったとこでさ、その故郷を奪った憎い……」

大輔は『東京オリンピック』という映画の冒頭にあるという打ち壊しシーンを恵子に聞いたまま頭に浮かべてみる。

古いものを打ち壊し、新しいものを生み出す。

その言葉には心躍る響きがある。おそらくその映像も力強く躍動感にあふれたものなのだろう。だが、江ノ島東浦にとってはどうだったのだろう。磯臭い零細な漁村。そこに生きる漁民たち。それが古いもの、打ち壊されるものだった、ということだろうか。

小さな漁村にすぎなかった。国家的な大事業の前で、その存在はあまりに小さく、そこに住む者たちは居場所を無くして去っていくしかなかった。漁業補償を受け、町の生活に溶け込んでいった者たちがいた中で、ある者たちは人知れず長い旅に出た。大輔には想像もできないような人生を歩み、やがて故郷のそばへもどってきた者たち。もし江ノ島が一九六四年の東京オリンピック会場になっていなければ彼らは旅へ出ることもなく、まだあそこで漁をしていたのだろうか。だが、そんな想像をすることには何の意味もない。そうなれば大輔自身この世に生まれ出ることはなかったかもしれない。想像もできない波乱の旅があり、その旅の出会いと別れの中で大輔は生まれ、この世に存在しているのだ。

「……憎らしい、と思うだろうな、あのヨットハーバー見ればきっと」

大輔は口にしながら緑の島を見つめる。

「そうか、江ノ島、東浦だったよな、おまえんとこの親」

勇作もヨットハーバーを見つめている。

「でもさ、あれって、俺たちにとっては生まれたときからあって。あれが無かったら江ノ島じゃないんだよな」

「わかるよ。俺もそうだ」

「東京オリンピックっていうすげえ運動会があって。あそこがヨットの競技会場だった。だからかな。ヨットがやってみたかった」

「でもおまえの親にとって、ヨットは故郷を奪ったにっくきやつだからやらせてもらえなかった、だろ?」

「ああ。でも、だから、ってわけじゃないがウインドと出会った」

「けっこう面白いよな」

「ああ」

——面白い、だけじゃなかった。いちどはそれでオリンピックの強化選手を本気で目指したのだ……。

「今度のオリンピックも結局ここでやるんだよな」

「ああ」

マリンリゾート資本の暗躍……、いろいろある、だが、

——大きな犠牲をはらって作った施設だ。だったら大事に使ってやればいい……。

痛みと憎しみ。嫉妬と憧れ、そして希望の入り混じった複雑な気持だった。それでも、

「二〇二〇年。俺たちいくつになるんだ?」

「う―ん、三十七、だろ」

「三十七か。遅いかな?」

「え?　もしかして、出る、ってか?」

本気にしていない言い方。

「悪いかよ」

冗談のように言ってみる。

「まあ、思うだけなら勝手じゃねえの」

どんな顔をして言ったのだろうか。顔を見ずに耳だけで聞いた。

「そうだよな、想うだけなら……」

緑の島と白く乾いたコンクリートのヨットハーバー。それを見つめたまま、大輔はもう想いを言葉にするのをやめた。

参考文献

野地秩嘉『TOKYOオリンピック物語』小学館
中野目善則『刑事訴訟法の解説』一橋出版
セイムア・ハーシュ(著)、小田実(翻訳)『ソンミ――ミライ第四地区における虐殺とその波紋』草思社
沢田教一『泥まみれの死　沢田教一ベトナム写真集』講談社文庫
柳沢徳次『写真集 ベトナム戦争』労働資料調査会
『LIFE　AT　WAR』タイムライフブックス編集部
『鎌倉市腰越漁港改修検討報告書』鎌倉市
『腰越漁港改修検討委員会議事録』鎌倉市

●著者プロフィール

森園知生（もりぞの・ともお）

1955年東京生まれ。
青山学院大学経済学部卒業。
自動車メーカーに勤務。
第88回オール讀物新人賞最終候補。
鎌倉市在住。

オリンポスの陰翳—江ノ島東浦物語—

発　行　2020年6月1日　第一版発行
著　者　森園知生
発行者　田中康俊
発行所　株式会社 湘南社　http://shonansya.com
神奈川県藤沢市片瀬海岸 3-24-10-108
TEL　0466-26-0068
発売所　株式会社 星雲社（共同出版社・流通責任出版社）
東京都文京区水道 1-3-30
TEL　03-3868-3275
印刷所　モリモト印刷株式会社

ISBN 978-4-434-27463-3　C0093